AF400222

Schwester und Azteke

Ein federleichter Thriller

von

Paul Kaufmann

Willkommen

Willkommen lieber Leser

Solltest du dich in der Romanwelt Kap Kishon ein wenig auskennen, so erwartest du jetzt vielleicht erotische Literatur, so richtig schön viel intelligenten Sex.

Da muss ich dich enttäuschen, denn Sex und Erotik spielt in diesem Buch keine Rolle. Keine große. Es ist kein erotisches Buch.

Hier vor dir liegt der erste Band der Thriller-Reihe der Azteken und Thriller bedeutet Spannung.

Dieses Buch ist anders als alles aus KapKishon und dann wieder nicht. Gefahr ist das Thema und überall lauert sie. Trotzdem bleibt es federleicht.

Und ich verspreche dir: Das ist kein Widerspruch.

Sei also gewarnt. Schnall dich an, es wird wild und gefährlich. Viel Spaß

Paul Kaufmann

Vorwort

„Ich bin dran, ich bin dran, ich bin die Erste!", ruft Sarah und alle vier Frauen kreischen wie am Spieß und hüpfen auf der Stelle, dass die Kanülen in den Schalen klappern.

Stop! Halten wir einen Moment inne, denn wir sind schon mittendrin. Was diese vier aufgekratzten Hühner - Sarah, Ria, Paula und Aische - so kreischen lässt, hat es in sich. Es wird das ganze Leben einer der vier Krankenschwestern verändern, doch keine ahnt etwas davon.

In diesem Moment ist einfach alles spannend und die vier springen herum mit erhitzten Köpfen im Schwesternzimmer als seien sie besagte aufgescheuchte Hühner. Stillhalten ist nicht möglich, nicht einen Moment, können sie doch nicht erwarten, ihr Streichholz zu ziehen.

So ist es verabredet. Sie losen aus, wer als Erste zu ihm ins Krankenzimmer darf. Wer das kürzeste Streichholz zieht, darf unter irgendeiner fadenscheinigen Begründung zu ihm, der großen Aufregung des Krankenhauses, ja, der ganzen Stadt. Die Stadt steht auf dem Kopf, denn er wurde gefasst und liegt hier auf der Inneren Station des Hospitals.

Es ist etwas Besonderes passiert und ausgerechnet auf ihrer Station liegt der besondere Patient, den keiner kennt.

Nur Mafia – dass es oder er von der Mafia ist -, das wissen alle. Irgendwas mit Mafia und er ist verletzt, wenn auch nicht schwer.

Ausgerechnet bei ihnen vier, Sarah, Ria, Paula und Aische, auf ihrer Station steht die Polizei auf dem Flur, und zwar zu dritt! Mit Maschinenpistolen, Masken, schweren Stiefeln und voller Montur bewachen sie Zimmer 504.

Der Patient, was er hat, warum er im Krankenhaus liegt, scheint keine Rolle zu spielen. Niemand interessiert sich dafür, denn fieberhaft wollen alle wissen, wer er ist. Besonders die Polizei. Angeblich schweigt er, spricht kein Wort und wartet ab.

Es ist ein Schwebezustand. Lange wird seine Identität nicht im Ungewissen bleiben und so müssen sich die Krankenschwestern beeilen, denn jede will. Jede will zu ihm und einmal einen echten Verbrecher aus nächster Nähe sehen. Verbrecher muss er sein, sonst stände da ja nicht die Polizei mit solchem Aufgebot.

Lieber Leser erwarte keinen politisch korrekten Roman. Hier wird es drunter und drüber gehen in Wortwahl, Inhalt und moralischem Maßstab. Gleich beginnt eine Achterbahnfahrt und „gut" und „böse" wird relativ, genau so, wie es im Leben wird, wird es extrem. Die Konturen verwischen und keiner weiß, wer ist Opfer, wer ist Täter und vor allem kennt niemand die Antwort auf die Frage: Wie lange geht das gut?

Ich verrate es Euch: Ria wird das kürzeste Streichholz ziehen. Nicht die beleibte Aische mit dem runden Gesicht und den freundlichen Augen, nicht Paula mit dem blonden Zopf und Dauergrinsen und spitzer Zunge, nicht

Sarah von der Pflege, die Älteste vom Dienst. Nein, Ria! Ria wird es sein. Es wird Rias Abenteuer.

Ria, mittelblondgelockt, eher schlank, bei guter Figur und mit sechsundzwanzig bereits von der Arbeit im Krankenhaus gelangweilt, wird im Zentrum der Geschichte stehen. Von null auf hundert, von „gelangweilt" zu „zerreißen" wird sie gleich katapultiert. Ihr Leben wird nie mehr so beschaulich sein, wie in diesen letzten glücklich-harmlosen Minuten im Schwesternzimmer auf der inneren Station.

Ria ist nie aufgefallen. Nicht negativ, nicht positiv. Sie schwimmt immer mit. Nie ist sie die Erste, nie ist sie die Letzte und schminkt sie sich, so ist sie hübsch. Ja, sie kann sogar keck, wenn sie will und wenn ihr bescheuerter Freund sie lässt.

Es kann ja niemand ahnen, was in dieser unscheinbaren Krankenschwester schlummert. Ria ist ein Supertalent. Ihre Nerven sind aus Stahl, obwohl es gar nicht danach scheint. Lasst euch nicht täuschen. Ich warne euch, auch ihr fallt darauf herein. Versprochen.

Rias Auffassungsgabe ist wie der Blitz, ihre Reflexe immer sicher und sie kann frappierend unauffällig sein. Das sind Talente! Das wird gebraucht, wird es turbulent, gefährlich oder eng. Das wird gesucht. Nur hatte Ria noch nie Gelegenheit, denn bisher war in ihrem Leben alles ruhig. Noch nie war sie in Kontakt mit der dunklen Seite, der Kriminalität, dem Bösen, dem Verbrechen. Immer artig war sie, immer korrekt.

Doch der Fremde auf Zimmer 504 aktiviert es in ihr, diese Kraft, die die Grenzen zwischen Gut und Böse verwischt. So viel darf ich verraten. Keine Angst: Es droht keine Romantik, keine große Liebe und sehnsüchtiges

Schmachten. Kommt in Romanen ja gerne vor. Hier nicht. Das Leitmotiv dieses Romans ist die Gefahr.

Schaut, da steht sie: Ria. Sie ist dran und darf das Streichholz ziehen. Die zweite in der Reihe ist sie und Aische hält die Hölzchen hin. Guckt, seht ihr das? Ria zittert sogar. Sie zittert, als ob sie etwas ahne.

Blenden wir in die Geschichte lieber Leser, du weißt jetzt genug. Es kann losgehen. Halte dich fest, denn nichts wird sein, wie es scheint.

Schwester und Azteke

Paul Kaufmann

Kapitel I

Ria zittert, was ungewöhnlich ist. Ihre schlanken Finger flattern. Nägel mit blassem Nagellack.

Ist es eine Ahnung? Weiß sie etwas? Nein, weiß sie nicht. Das ist es nicht. Sie ist nur wie die anderen ein wenig zu viel und schnell herumgelaufen zwischen all den Patientenzimmern. Es ist ein so irrer Tag und überall die Polizei mit Maschinenpistolen und schweren Stiefeln. Auf dem Flur stehen sie im Weg und es wird getuschelt auf den Zimmern; die Patienten wollen wissen, was da ist und draußen lauert die Presse. Belagerung vor dem Portal des Krankenhauses. Die ganze Innere Station ist wie ein Bienenschwarm, die Polizei spielt den Imker, verstopft den Ausgang, und so darf keine der Bienen rein oder raus aus dem Bienenstock.

Ria ist aufgewühlt wie alle dieser Bienen, beinahe außer Atem und wählt das Streichholz gut. Ja, sie beißt sich auf die Unterlippe mit ihren Schneidezähnen, grinst, ihr blass-hübsches Gesicht leuchtet, ihre grünen Augen funkeln und dann wählt sie das Hölzchen, das zweite von links aus Aisches feuchten Fingern mit verkratztem Nagellack.

Die Aische platzt beinah, fühlt sie es doch. So fest hält sie die Hölzchen, sie weiß, welches das Kürzeste ist, weiß es längst und bebt ein wenig, denn sie gönnt es Ria sehr. So weiß Aische als erste Bescheid, bevor Ria begreift.

Ria hat das kürzeste Hölzchen gezogen, sonnenklar. Nur ein Stummel ist es. Als Formalität zieht auch Paula als Letzte das Längste. Sie weiß, sie ist geschlagen.

Und Ria strahlt, kaut wieder herum auf ihrer Unterlippe und ihr Blick springt über ihre Kolleginnen. Ihre Gedanken rasen, sie ist dran. Sie braucht einen Grund für den Patientenbesuch, einen Anlass, um die Palisade der Polizei passieren zu dürfen. Sie muss ja hinein in das Zimmer, vorbei an der vermummten, bewaffneten Wache zu ihm.

„Was hat denn die 504 überhaupt?", haucht sie und ihr Blick flattert über ihre Kolleginnen, hängt dann an Paula fest, hält die doch schon das Klemmbrett des Patienten in der Hand und liest.

„Toraxprellung, Schürfwunden, nix Besonderes, aber Oxycodon und nicht wenig", interpretiert sie das Patientenblatt und bläht die Wangen auf, ob der Dosierung.

„Sie sedieren ihn, damit der nicht aufstehen kann", beeilt sich Aische und Paula kippt ihren Kopf, als trüge sie eine Lesebrille und schaue über den Rand zu ihr. Ist Aische aufgeregt, die liebe runde Schwester mit dem dunklen Haar, so redet sie gerne naiv. So wie jetzt.

„Ja, was denkst du denn?", grunzt Paula nur und grinst.

Doch Ria hört kaum zu, hat bereits die Situation erfasst und beeilt sich vor dem Medikamentenschrank.

Gegenstände fliegen auf ein Tray und dazu spricht sie, als souffliere sie sich selbst. „Tropfwechsel. Blutdruck. Wundversorgung. Temperatur ...", diktiert sie sich und greift die Sachen aus dem Schrank. Dann zögert sie.

Medikation. Es ist ein kurzer Moment, eine Eingebung, eine Vorgeburt einer Idee. Da flackert etwas in ihr und ist noch kein Plan. Noch einmal schiebt sie eine dunkelblonde Locke aus ihrem Gesicht und dann greift sie zu. Naloxon. Dazu Spritze und Kanüle.

Im Prinzip ist jetzt alles entschieden. Sie muss es nur noch tun.

Kapitel II

Und natürlich das Wichtigste final: noch kurz vor den Spiegel im Schwesternzimmer. Ihr Haar hat Ria gerichtet, zumindest so grob die Locken gelegt, kontrolliert, ob alles richtig ist. Kein Lippenstift, nicht auf Station, das gehört sich nicht und ist eh nicht Rias Ding. Zu blass zu unscheinbar, will sie doch lieber Mitte als gesehen sein.

Dann aber los eilt sie mit dem Tray und den klappernden Sachen über den Flur der Station in dieser besonderen Mission. Ihr Ziel ist klar und sie holt heimlich Luft. Sie muss zu Zimmer 504, zu dem mit den Polizisten davor.

Ganz klein kommt sie sich vor, was sie gar nicht ist. Es macht die schwere Montur der Polizisten, die trotz dieser geschützten Lage der Station in schusssicherer Weste stehen.

Drei sind es, drei junge Kerle von Rias Alter und die Ria wendet sich angetan in ihrem blauen Schwesternkittel an den vor der Türe 504.

Nicht ohne Respekt ist es. Allein schon die Waffen, der Schlagstock, die Handschellen am Geraffel und vor allem Sturmhaube. Schwarze Maske, nur seine Augen sind zu sehen und sein Gesicht drückt sich als Abdruck durch das Tuch. Doch Rias Lächeln gelingt. Sie hat ja einen Auftrag als Krankenschwester, auch, wenn er gemogelt ist. Hier ist ihr Reich, nicht das der Polizisten, eigentlich.

„Ich muss da rein", spricht sie sehr niedlich und als sei es Choreographie, rollt lautstark die Ampulle Naloxon auf dem Tray hin und her vor ihrem Bauch, ist letzte, ungehörte Warnung.

Nicht unfreundlich tasten die Augen des Polizisten Ria ab. Wo bitte ist der Soldat mehr empfänglich für den Besuch einer jungen Frau, steht er sinnlos Wache? So auch hier und Ria ist dem Bewaffneten sehr angenehme Abwechslung. Ja, auch wirkt: Seine beiden Kollegen sind neidisch. Das ist immer gut. Er wird angesprochen, da er und nicht sie vor der Türe stehen jetzt mit Ria. Nein er ist der, der mit der hübschen, blassen in blauem Kittel sprechen darf.

Der Blick der Wache springt auf Rias Namensschild. „Schwester Ria", steht dort neben dem Krankenhausenblem, was auch sonst? Er zückt sein Handy, zieht es aus einer Einsatztasche, tippt bereits und ist schön cool. Mit Waffe ist das einfach.

„Wie heißt du denn mit Nachnamen?", will er wissen und seine Stimme klingt angenehm sonor. Ria wundert sich. Da ist ein Reflex in ihr, ein Mann, der ihre Nummer haben will, denkt sie, doch er hebt das Handy schon zum Ohr und sie versteht. Rücksprache – es geht um Sicherheit.

„Ria Bischop, aber mit p nicht wie der Bischof, der Heilige", zwitschert sie ihren Spruch und lächelt. Er will wissen, ob sie echt ist.

Der Polizist lächelt zurück unter seiner Maske. Ria kann es sehen, erkennt es an seinen Augen, an den feinen

Fältchen seiner Haut und nun erscheint er ihr nicht mehr cool, sondern freundlich.

Da ist eine halbe Sekunde eine Frage in ihr, was sie drunter hat unter ihrem Kittel. Sie flattert vorbei, sinnlos, aber gedacht, und es ist beruhigend wenig drunter und fühlt sich gut wenig für sie an. Ist sowieso sehr gut, so hier zu stehen, und dieses geheime, ergaunerte Projekt zu tun.

Stille ist. Warten muss sie, bis abgenommen wird am anderen Ende der Verbindung. Beide schauen einander an, tasten sich mit Blicken ab. Die Krankenschwester mit dem Tray, der gepanzerte Vermummte in schwerer Rüstung. Ria lächelt, denn es ist unerwartet gut.

„Eine Schwester will rein. Ria Bischop, mit p, nicht wie der Bischhof, der Heilige", repetiert er in sein Handy und Ria muss grinsen, denn das ist wirklich nett, beinahe Flirt.

„Blondgelockt, Ende zwanzig, grüne Augen", gibt er ihre Beschreibung durch und Ria versteht, dass jeder der in das Zimmer will, Zimmer 504, gegengeprüft werden soll, sorgfältig! Nur Autorisierte dürfen und es schwebt die Frage ob.

„Und ziemlich hübsch", fügt die liebe Wache an und jetzt ist es wirklich Flirt, findet nicht nur Ria, denn seine Kollegen lachen im Hintergrund. Bestimmt, ganz bestimmt grinst auch er der Flirter unter seinem Maskentuch. Die Situation ist angenehm gemein für sie.

„Ja, ich warte", murmelt er ins Handy und verdreht die Augen. Das entschärft. Er grinst und schaukelt mit dem Kopf hin und her, atmet einmal tief und Ria grinst mit ihm.

Frau und Mann stehen einander gegenüber sehr im Dienst verpflichtet, Soldat und Krankenschwester.

Er nimmt das Handy vom Ohr und schaut einmal auf das Display. „Sind unsere eigenen, privat", murmelt er zu ihr verschwörerisch-genervt. Ihre Blicke treffen sich. „Völlig verrückt. Klamotten für zwanzigtausend an und das wichtigste musst du privat bezahlen", flüstert er und hebt das privat bezahlte Handy zurück an sein Ohr.

Ria schmunzelt. Jetzt ist er wirklich ihr schön gewogen, findet sie, Maske hin oder her. „Ist bei uns auch so. Der Kittel ist meiner. Müssen wir selber kaufen", spricht sie und zeigt ihre Zähne strahlend.

„Was echt?", ist er erstaunt und sie nickt. „Aber die Crocs, die Schuhe werden gestellt vom Krankenhaus", erklärt sie weiter und schaut an sich herab, was wahrlich niedlich wirkt, denn ein wenig stehen ihre Füße V. V mit vorne Spitz. Auch er schaut zum Boden, wo ihre Füße in den Gummilatschen stecken.

„Ja, die werden ja abgenutzt, deshalb, irgendwie nicht", erklärt sie die Logik der Verwaltung, die jeder Logik entbehrt und wackelt mit den Zehen.

„Öffentlicher Dienst", haucht er jetzt und beide nicken verschwörerisch, er hinter Maske, sie ohne und frei. Beide verdrehen die Augen, sind sich einig im bürokratischen Leid.

Dann eine Antwort im Handy. Es knarrt und knackst.

„Du darfst rein", gibt er den Eintritt frei, tritt schon zur Seite.

Ein Scherz liegt auf ihren Lippen, doch sie verkneift ihn sich. Nein, durchsucht und abgetastet wird sie nicht. Der Scherz klänge wie ein Betteln und betteln will sie nicht.

Aber dann doch: Sie zögert, denn jetzt steht sie frei vor Zimmer 504. Jetzt ist es anders, jetzt nähert sie sich ihm.

„Ist er gefährlich?", will sie wissen und ... plötzlich ist diese Frage echt. So sehr Scherz alles war bisher, so kurz davor wird es nun anders.

„Wenn ja, komme ich und rette dich", spricht der Polizist, doch das war zu viel. Ria verdreht die Augen und greift zur Klinke genervt, denn zu seifig war ihr dieser Spruch, zu ritterlich. Sie lässt ihn stehen, den maskierten Polizisten, ist schon halb durch die geöffnete Türe und hält noch einmal inne, dreht sich zu ihm herum. Sie bereut. Das war gemein von ihr. Er war so ritterlich und sie miese Zicke, wo sie doch selbst das Taschentuch dem Ritter warf. „Doch, es wäre schön ... es wäre sehr schön, wenn ich einmal gerettet werde", spricht sie versöhnlich zart. Beide lächeln einander an und die Erklärung bezaubert und versöhnt.

Ria hat keine Ahnung, wie sehr dieser Wunsch ihre Wirklichkeit wird. Es ist nicht mehr lange hin.

Kapitel III

Absolute Stille ist im Zimmer. Nichts hört Ria, nachdem die Türe hinter ihr zugefallen ist. Halbdunkel liegt alles da, ein Drittel sind die Vorhänge vorgezogen, vermutet sie, kann noch nicht viel sehen, denn rechts im Weg ist das Abteil mit dem Bad. Es ist ein Einzelzimmer. 504 hat nur ein Bett. Fünfter Stock, was es einfach zur Zelle macht, da Flucht durch das Fenster - nicht zu öffnen – nicht möglich ist.

Kein Laut ist und Ria wagt sich vor.

Vier Stühle stehen wirr und wild im Zimmer herum und bevor ihr Blick das Patientenbett erreicht, versteht sie, dass die Stühle-Szene Zeugnis einer Befragung ist. Sie kann es spüren, ja riechen, denn es liegt noch in der Luft des Zimmers. Befragung war und sinnlos war es und aufgebracht haben die Befrager hier alles verlassen. Ria hatte die vier Herren gesehen, frustriert und verbissen im Flur. Der Patient hat geschwiegen. Eisern. Er muss. Die Stühle sprechen es, so wie sie stehen.

Keine Überwachung. Das Set für Blutdruck und Puls steht abgeschaltet und ungenutzt neben dem Bett mit hängenden Kabeln auf seinem Stativ, denn der „Patient" im Bett ist keiner. Er ist nicht Patient, er ist ein Gefangener. Gefangen ohne Haftbefehl, munkelt man und für Ria ist das Oxycodon der Beweis. Übermedikation, Sedierung. Sie halten ihn fest und lähmen ihn und das widert sie. Das war ihr erster Gedanke, als Paula aus der Kladde vorgelesen hat. Sie – die Polizisten – haben nichts gegen diesen Mann, nichts in der Hand und sie mogeln mit Medikament. Sie verzögern und suchen, bis sie finden. Sie vermuten nur, dass er Mafia sei, so wie sie flüstern auf den Fluren. Mehr ist es nicht. Das denkt die Ria, denn sie hat keine Ahnung. Sie hat keine Ahnung von Mafia und all diesen Dingen. Noch nicht.

Noch hat sie den Patienten nicht gesehen. Erst jetzt springt ihr Blick zu ihm. Er liegt ganz still in seinem Bett und der Tropf tropft neben ihm.

Ria zögert und steht. Ein Mann. Mitte vierzig vielleicht, südländischer Typ ist er, aber anders als erwartet. Es ist nicht dieser Süden, nicht der der Mafia, nicht Neapel ... nein, es scheint ihr Südamerika.

Die Hände auf der Decke liegt er reglos im gleichen Kittelblau wie sie. Seine Kleidung haben sie ihm abgenommen, sicher für irgendeine Analyse.

Und Ria erschreckt. Es ist nur wenig und sie zeigt es nicht aber die Art des Schreckens, die Qualität macht, dass der kleine Schrecken riesig wirkt. Es sind die Augen! Sehr wach, sehr flink tasten seine Augen aus seinem unbewegten Gesicht über sie, die Krankenschwester, die jetzt diesen verlorenen Moment sehr verloren im Zimmer steht.

Hellwach sind sie, braun und flink und Ria schluckt und staunt. Wie kann das bei dieser Dosis Narkotikum, fragt sie sich und ahnt, wie wach er im Wachen sein muss. Sie ahnt richtig.

Ihr schaudert und sie weiß nicht warum. Es ist das erste Schaudern dieser Art, denn das ist neu. Was sie schaudern lässt, ist die Gefahr, die sie nicht kennt.

Dann ist es vorbei. Der Schwesternmodus holt Ria ein. Das Zimmer ist ihr Reich und sie lächelt professionell. Er ist ein Patient, wenn auch ein merkwürdiger, einer ohne Namen. Das hatten sie noch nie.

Sie nähert sich und sein Blick folgt ihr. Sie bricht die Stille. „Hallo", grüßt sie freundlicher als üblich und wundert sich, denn sein Blick ist nicht kalt oder hart oder gemein, nein er ist weich. Nur so wach! So wach trotz Oxycodon.

„Ich bin Schwester Ria, ich wollte einmal nach ihnen schauen, ob sie etwas brauchen", lügt sie und stellt das Tray vorsichtig auf dem Schränkchen ab. Beide wissen, dass es Lüge ist, doch sein Gesicht bleibt unbewegt. Teils Oxycodon, teils Wille.

Ihr Blick springt zum Tropf. Kochsalz und etwas Nahrung. Standard.

Ihre üblichen Krankenschwestergesten bleiben aus, alles ist so anders und sie zieht, ohne hinzuschauen, einen Stuhl heran. Sein Blick haftet auf ihr unverwandt.

Sein Gesicht scheint ihr nicht hart, nicht weich, aber mit Kontur. Erste graue Haare im Schwarz, auch in den Augenbrauen, braune Haut.

„Verstehen sie mich, sprechen sie meine Sprache?", fragt sie und ist sich sicher mit ihrer Südamerika-Idee. „¿Me entiendes?", aktiviert sie ihr mageres Spanisch. Dritte Fremdsprache zehnte Klasse.

Er blinzelt nicht, zeigt keine Regung, nur der Blick ruht auf ihr. Sie streicht die Decke glatt und lächelt jetzt, schaut einmal zum Tropf.

„Die haben sie maximal zugedröhnt. Wenn sie versuchen aufzustehen, fallen sie komplett auf die Fresse, keine Chance. Aber das haben sie bestimmt schon gemerkt", spricht sie und spürt Mitleid. Es wird stärker, denn das ist alles nicht so ganz fair.

„Das ist nicht so ganz fair. Sie so zu befragen, ist nicht ganz fair. Sie haben sie doch befragt, oder?", fragt sie und nichts verändert sich an ihm, doch weiß sie jetzt, dass er versteht. Sie spürt es. Er schweigt und die Lage schwebt.

Stille ist und sie betrachtet ihn. Ja, er ist ein stattlicher Mann, wenn auch „flachgelegt" – wortwörtlich – und nicht und gar nicht ihr Typ. Aber selbst so, selbst so sediert spürt sie, wie aufrecht er normalerweise steht. Und das andere spürt sie, das, was sie noch nicht einordnen kann.

„Es heißt, sie seien ein Killer. In den Nachrichten melden sie das", spricht sie und während sie spricht, zieht ihr Puls an. Wenn das stimmt, dann ist es ein Mann, der tötet, ja der töten kann. Keine Reaktion von ihm. Nur sein Blick tanzt in ihrem Gesicht und Ria ist sich nun nicht mehr so sicher, ob er verstehen kann. Ist so viel Beherrschung möglich? Gehört das zum Killersein dazu?

Ihre Blicke treffen sich und grinsen muss sie nun. „Wir haben Streichhölzchen gezogen, wer zu ihnen darf, wir alle vier im Schwesternzimmer", erklärt sie und kichert. Sie muss es einfach erzählen, sie muss und ... ein winziges Zucken ist da um seinen Mund. Es könnte ein Prozent eines Grinsens sein. Das freut sie sehr.

„Sie müssen nicht antworten. Das ist okay", spricht sie und betrachtet dieses fremde Gesicht. Südamerika, Peru vielleicht vermutet sie.

„Es ist bestimmt irre, ein echter Verbrecher zu sein", haucht sie und beißt auf ihre Unterlippe. Sein Blick ruht auf ihr, braun, direkt, wach und klar.

„Ich messe jetzt einmal ihren Blutdruck, nur so als Alibi", erklärt sie ihm und schlägt die Decke zurück.

Schweigend legt sie ihm die Manschette um den Arm und genießt diesen ungewöhnlichen Mann. Da ist ein Tattoo am Handgelenk und Ria lächelt. Es hat sich sehr gelohnt, dieses Streichholz zu ziehen, schon jetzt. Ihr Herz klopft so schnell, so schön schnell und sie weiß gar nicht warum.

Sein Arm ist muskulös, aber ein wenig schlaff, so wie sie es von Sedierten kennt. Es ist ein Unterschied, ob es an Willen, Kraft oder Befehl in den Muskeln fehlt. Es fühlt sich verschieden an.

„Nein, sie sind kein Killer. Sind sie nicht. Sie sind etwas anderes, das bestimmt schon. Sie sind gefährlich, aber das stimmt nicht. Killer sind sie nicht", vermutet sie laut, hält den Arm und pumpt die Manschette auf.

„Zumindest fühlen sie sich nicht wie ein Killer an", spricht sie und pumpt an dem Gummiball. „Also nicht, dass ich mit Killern Erfahrung hätte, oh man, ist mein Leben öde, das können sie sich gar nicht vorstellen ...", lacht sie über ihren eigenen Satz, hört bereits mit Stethoskop gleichzeitig am Puls, da sie routiniert beides gleichzeitig kann. Blutdruckmessen tausendfach.

Ria lächelt, stellt sich vor, was dieser Mann denkt von ihr. Krankenschwesterlein. Wenn es hoch kommt, denkt er so.

Der Blutdruck ist gemessen, sie zieht die Manschette vom Arm und ihre Blicke treffen sich. Sie legt ihre Hände in ihren Schoß, betrachtet ihn sekundenlang.

Dann greift sie zum Naloxon und zieht die Dosis auf die Spritze. „Das ist das Antidot zu dem Narkotikum", spricht sie und sticht es in den Tropf. Sie drückt und der Strahl des Mittels schießt in die Flüssigkeit des Kunststoffbeutels.

„Es wirkt ziemlich schnell und ihre Betäubung geht zurück. Mit schönen Grüßen vom Schwesternzimmer", spricht sie, grinst und zieht die Spritze heraus.

Minimal haben sich seine Pupillen verengt, aber weiter schaut er sie an. Vielleicht, vielleicht hat er seinen Kopf zu ihr hingeneigt. Es muss ihr entgangen sein beim Kontrollblick zum Tropf.

„Ich kann ihnen gar nicht sagen, warum ich das mache", erklärt sie und schiebt an seiner Decke, streicht sie glatt und schluckt gedankenverloren. „Vielleicht ... mit Narkose ist nicht fair. Und nicht fair ist nicht fair, finde ich. Auch Verbrecher verdienen eine Chance, man schießt ja auch nicht auf betäubtes Wild", spricht sie belustigt über ihre eigenen Gedanken. Irgendetwas soll es sein, irgendwelche Worte, die Wahrheit ist anders. Etwas zieht an ihr. Das Dunkel ist es, diese Faszination, aber das weiß sie nicht, ist noch Krankenschwesterlein.

„Sie stehen ganz schön unter Druck, kann das sein?", fragt sie und lächelt mit geneigtem Kopf. Jetzt hat er seinen Kopf bewegt. Nur minimal, nur wenig, aber sie hat es gesehen.

Ihr schaudert. Es war diese Art der Bewegung. Da war etwas, das hatte etwas, was sie nicht kennt. Südamerikanisch exotisch. Vielleicht ist es das.

„In ein paar Stunden wissen die Drecksbullen – ich hasse Polizisten, lange Geschichte – , wer sie sind und ich glaube, dann wird es … ein wenig hässlich für sie, kann das sein?", spricht sie, als sei das eine Kleinigkeit und lächelt. Das war ein wenig falsch von ihr, fühlt sich falsch an, denn so gemein, wie es klingt, war es nicht von ihr gedacht.

Tatsächlich hat sich sein Blick abgekühlt. Spätestens jetzt ist ihr klar, er versteht jedes Wort, mehr als das. Da ist so eine Ahnung in ihr, er verstehe mehr als sie und sehr schnell schlägt ihr Herz, doch sie tut cool.

Da ist dieser Gedanke. Es ist … es drückt … sie …

„Ich könnte sie befreien. Es wäre gar kein Problem für mich", flüstert sie und fährt mit dem Finger über den Rahmen des Bettes. Es ist so ungeheuer, was sie da spricht, ihr Herz rast!

„Wirklich. Unterschätzen sie mich nicht", lächelt sie ihn an. „Ich unterschätze sie nicht", spricht er rau und Ria zuckt zusammen. Damit hat sie nicht gerechnet! Er hat sein Schweigen gebrochen, liegt weiter unbewegt, aber jetzt ist sein Blick klar geradeaus. Noch klarer! Ria schluckt. Es wird größer, er kommt näher, ohne sich zu bewegen, was nicht möglich ist, nur möglich mit Blicken.

Aber jetzt … jetzt ist Ria auf dem Weg. Auf dem falschen. Sie hat verloren. Sie weiß es noch nicht, aber es gibt kein Zurück. Ab jetzt ist sie so gut wie tot … Er hat sein Ziel erfasst und sein Beschluss steht.

„Ist gar nicht schwierig für mich. Geht ganz schnell und sie sind draußen, Polente hin oder her", versichert sie neu, nur damit sie etwas sprechen und sich beruhigen kann. Sie wedelt sogar mit ihrer Hand in der Luft, als sei es Beliebigkeit.

In Wahrheit ist ihr flau. „Was kriege ich dafür?", fragt sie und versucht sich in einem Pokergesicht. Sofort bricht ihr Poker zusammen, denn jetzt schaut sie in die Augen einer Schlange. Mit Schlangen verhandeln kann sie nicht. Sie ist Krankenschwester und er ... vielleicht doch ein Killer. Oder schlimmer? Gibt es Schlimmeres als Killer? Sein Blick hat sich gewandelt, tastet und springt auf ihr, ja, dringt sogar in sie ein. Da ist eine Spannung in seinem Körper nun, doch ... sie hält dagegen krankenschwesterlike und keck.

„Zehntausend?", fragt sie in Willkür und weiß sofort, es ist zu wenig. „Hundert?", fragt sie und ... sie versteht es nicht ... sein Blick wird ruhiger, beinahe friedlich, als habe er gewonnen. Ja, er lehnt sich sogar in sein Kissen zurück in sehr kleinem Maßstab. Nur drei Millimeter.

Er antwortet nicht, gibt keinerlei Zeichen, ja, hat der Befreiung, die es natürlich nie geben wird, es ist nur ein Spiel, gar nicht zugestimmt. Nicht mit Wort oder Geste. So nicht und nicht anders, aber er muss die Befreiung wollen. Muss einfach in dieser Lage.

Da ist eine traurige Ahnung in ihr und sie wedelt den Vorschlag weg. „Ach ne, Geld macht nicht glücklich", seufzt sie und schaut zur Decke. Schlange hin oder her, das Spiel macht Spaß und sie ist nur Krankenschwester. Was soll passieren? Ria lächelt und überlegt.

„Ne, wenn sie ein Killer sind oder ein Verbrecher, so ein richtiger ... was könnte mir denn gefallen? Sie haben doch bestimmt Einfluss", fragt sie in die Luft und überlegt im halben Scherz. Das ist lustig jetzt. Ein Wunschkonzert.

„Sie könnten Professor Albig einen Skandal anhängen, so einen richtig gemeinen, so einen fiesen, damit er einmal von seinem hohen Ross fällt, das ist der Stationschef, ganz gemeiner Vogel, verstehst du?", schlägt sie vor, fällt ins

„Du" und grinst. „Ach ne, das ist zu billig", winkt sie ab. Das war kein guter Vorschlag. „Oder sie könnten meinen Freund eine Lektion erteilen. Er ist ein Narzisst und ich bekomme es nicht hin. Das wäre schön, das wäre echt nett, wenn der mal einen drüber bekommt und ne Weile nett zu mir ist. Am besten für immer. Und für meine Mama eine Reise auf die Seychellen, oder ein Wunder vollbringen, dass ich nicht mehr so einsam bin und sich jemand um mich sorgt und kümmert, ach es gäbe so viel", schlägt sie vor und lächelt ihn nun an. „Einfach ein bisschen Leben leben", lächelt sie lustig. Sein Blick ist nicht mehr der der Schlange, doch schaut er sie unverwandt an aus wieder-braunen Menschenaugen. Ihr ist für einen irisierenden Moment, als habe er sie im Kern verstanden. Sehr oft erinnern wird sie sich daran, da diese Sekunde ihre Zukunft bestimmt.

„War ein Scherz. Natürlich alles nicht. Man darf Verbrecher nicht befreien, das gehört sich nicht", spricht sie und zwinkert ihm zu. Es ist eine kleine Gemeinheit, er aber zeigt wieder dieses Minimallächeln, was nur das Zucken seiner Grübchen ist.

„Aber ich wünsche ihnen Glück, auch wenn ich nicht helfen kann", spricht sie, zwinkert, zieht ihre Sachen auf das Tray und steht auf. „Danke, dass sie gesprochen haben, das war sehr lieb", sagt sie, nickt und meint es ernst. Es war ihr eine Ehre. Das war etwas Besonderes.

„Ich muss los, sonst denken die noch sonst was, und ...", spricht sie und schaut in Richtung Tropf. „... in etwa einer halben Stunde, sind sie vollkommen klar. Wenn der Tropf durchgelaufen ist. Ich denke, nein, ganz sicher, sie können laufen", erklärt sie und zwinkert ihm zu.

Er bewegt sich nicht schaut sie nur an.

Vor der Türe, nein, bevor er sie aus dem Blick verliert, hält sie noch einmal an, verzieht ihr Gesicht und tut so, als ob sie nachdenke, und spricht: „Wenn ich die Abläufe richtig einschätze, müssten sie gleich zum CT und wenn da kein Befund ist, können wir sie bestimmt entlassen, eigentlich. Keine Bedenken", erklärt sie nonchalant, tut so, als sei sie ein Arzt, lächelt ihm zu und nickt.

Das hat sich cool angefühlt. Reine Routine und dann wieder nicht. Hocherfreut und zufrieden öffnet sie die Zimmertüre und die geleerte Ampulle Naloxon rollt auf dem Tray.

Der Polizist steht und grinst hinter seiner Maske draußen auf dem Flur. „Huhuihui, schwerer Junge was?", spricht sie und wedelt mit der Hand. Es ist befreiend, nicht mehr mit der Schlange aus Südamerika gemeinsam im Zimmer zu sein. Das schon. Hier kann sie wieder atmen. Er war so präsent der Mann ohne Namen.

Sie braucht einen Moment unter den drei Maskierten „ihren" Polizisten zu identifizieren, denn alle drei nicken zu „schwerer Junge", auch wenn sie nichts wissen. Sie ist die Einzige, mit der er gesprochen hat, da ist sie sicher. Mit ihr, hat er, der Patient von 504!

„Voll geil, voll spannend", haucht sie. Ihr Polizist grinst, weiß, was sie meint, und viel Blut ist in ihrem Kopf. Aufregung und Leben wie noch nie.

Hochzufrieden wendet sie sich in Richtung ihres Schwesternzimmers, hält das Tray und spürt mit jedem Schritt und immer mehr, dass das, das da im Zimmer ein gewaltiger Fehler war.

Kapitel IV

Es war ganz einfach, genauso einfach wie gedacht. Ria brauchte gar keinen echten Plan nur Abwandlung der Routine.

Anforderung fürs CT, Zimmer 504 – diesmal und das war der feine Unterschied – von einem Rechner eines Arztes. Die Doctores lassen ihre Terminals immer offen ungeschützt, stundenlang.

Ins CT durften sie nicht, die wie Soldaten gepanzerten Polizisten – die Strahlung –, blieben also vor der Türe stehen und bewachten den breiten Eingang für die Betten zu der Radiologie. Sie wussten nichts von dem kleinen Gang nach hinten, über den dann Ria kam.

Wozu sollten sie sich Sorgen machen um ihren Gefangenen? Er war wehrlos schlapp und matt da ja sediert. Der Radiologie würde Hilfe brauchen, um den Namenlosen vom Bett auf die Pritsche zu heben.

Kein Problem war das. Eine Schwester wurde angefordert und sie kam, Schwester Ria durch den schmalen Gang. Und bevor der Radiologe – sehr unbeliebt die fette Wanze bei den Schwestern – recht verstand, sank er schon nieder nach einem Stich mit einer Spritze. Nichts hat er erkannt, außer einer unbekannten Schwester – jede könnte es hinter dem Mundschutz gewesen sein. Das hatte er noch gesehen in der Drehung, bevor er niedersank. Die Dosis war hoch, war nötig bei seiner Masse.

T-Shirt, Hose – beides eines Patienten -, die Crocs des Radiologen und der Unbekannte war provisorisch eingekleidet und nun gar nicht mehr sediert, eher flink, wenn auch mit heftig Medikamentenkater. Beinahe lautlos, ja ohne Gerede bildete Ria und der Unbekannten ein verschworenes Kommando. Ja, sie grinste, alles lief, so wie es sollte und von ihr gedacht.

Weiter schweigend folgt der Vielleicht-Verbrecher, beinahe nur noch Ex-gefangene Ria gar nicht hastig durch die Gänge des Klinik-Kellers. Hier ist es abgeschieden. Lüfter brummen und ein Wirrwarr glänzend-isolierter Rohre verziert wie ein Geflecht überall die Decken.

So eilig ist es nicht. Sie müssen nicht rennen oder stürmen, zügig reicht aus.

„Ich korrigiere mich, ich habe sie unterschätzt", spricht der Unbekannte hinter Ria mit spanischem Akzent. Es klingt schon nach Bewunderung und Ria fühlt sich ein wenig stolz. Das hebt. Was für ein Abenteuer, was für ein Unternehmen! Die Crocs quietschen auf dem glatten Boden bei jedem Schritt, denn er ist gut gewienert.

Die Krankenschwester mit den Locken beherrscht ihr Geschäft, erkennt er an. Ich Plan ist rund und scheint ihm verdächtig stimmig aufzugehen. So wundert er sich hinter ihr und denkt.

„Nur noch vorne um die Ecke, da winkt die Freiheit", verkündet sie fröhlich unbefangen, da hält der Verbrecher – und für Ria ist es plötzlich – sie zurück, zupft an ihrem Arm. Schon liegt seine Hand auf ihrem Schlüsselbein, sein Daumen aufdringlich in Nähe ihrer Kehle und er schaut sie an. Sie steht die Wand im Rücken wissend.

Ria ist so verblüfft, sie kann sich nicht erschrecken. Auch schaut er nicht böse, sein Blick ist ruhig und warm und suchend. Sie braucht Sekunden zu bemerken: dieser Blick ist trotzdem tödlich. Was Ria mehr verblüfft, ist eine Kleinigkeit, eine Trivialität: Er ist größer als sie! Jetzt in der Vertikalen ist er ein stattlicher Mann. Sie hatte ihn liegend im Kopf, ein kleiner, liegender Südamerikaner, aber er ist groß und auch die Hand an ihrer Kehle kräftig. Er drückt nicht, nicht einmal droht er mit dem Daumen. Was sie festhält, ist sein Blick. So nah – Gesicht vor Gesicht – kann sie ihn nicht versäumen. Er sucht in ihr mit Schlangenblick, bewegt den Kopf auf eigentümliche Art. Ihr dämmert, sie hat keine Chance.

„Was erwartet mich?", fragt er mit ruhiger Stimme und kippt seinen Kopf kurz Richtung Ausgang. Von dort scheint Tageslicht.

Ria schluckt, ihr Nackenhaare stehen, die Angst kommt an, drückt mehr an ihrer Kehle als seine Hand.

„Der Parkplatz", knarrt sie verwundert und versteht sein Forschen nicht. Seine Pupillen verengen sich. Sie wird fixiert. „Die Drachen?", fragt er und Ria versteht wieder nicht und jetzt beben ihre Lippen. Gespenstisch wandert sein Blick der Breite nach über ihre Stirn, als ob es da etwas zu sehen gäbe. Ria rührt sich nicht unter seinem Griff. Noch stecken ihre Hände in den Taschen ihres Kittels vom schnellen Schritt über die Kellergänge. Sie wagt nicht sie herauszuziehen, ja, sie hat ihre Hände gar vergessen.

„Bist du ein Drache?", fragt er und sie meint sich zu verhören. Sie hat nicht verstanden. „Nein, was?", haucht sie fassungslos mit großen Augen. Alles hat sich so gewandelt. Eben vor Sekunden war es doch noch so eine muntere Flucht. Und jetzt? Und nein, ein Drache ist sie nicht, nie gewesen und weiß nicht, was das soll.

„Warum das Risiko? Du wirst doch erwischt. Warum?", drängt er noch immer ruhig und sie versteht. Erleichterung! Sein Blick aber sucht und bohrt in ihr.

„Ich wollte einmal etwas machen, etwas Schönes", spricht sie, was ihn aber irritiert.

„Etwas Schönes?", fragt er mit zusammengezogenen Augenbrauen. „Etwas von Bedeutung", fügt sie an und er lässt locker. Sein Griff lässt nach. Ja, unberechenbar flackert ein Lachen über sein Gesicht. Da huscht ein Erkennen, ein Lächeln. „Das verstehe ich", nickt er, gewandelt sympathisch und zieht die Hand zurück nicht ohne mit dem Zeigefinger unter ihrem Wangenknochen hin zum Kinn zu ziehen. Erst dort endet die Berührung und Ria ist starr vor Angst, denn diese kleine Geste, war das Grauen. Dieser Fingerzeig war grauenhaft und ihr gruselt es am ganzen Leib.

Jetzt ist ihr klar, wie sehr er ein Verbrecher ist, wie knapp sie noch am Leben ist. Es war ein Fehler, ein sehr großer! Von der lustigen Unternehmung ist nur noch Schrecken übrig.

Doch er scheint freundlich jetzt, beinahe belustigt.

Die letzten Meter zu Türe mit der Scheibe und dem Dahinter-Tageslicht ist Ria sehr wacklig auf den Beinen, als stecke ihr, nicht ihm die Narkose in den Knochen.

An der Türe bleibt er stehen, visiert durch das Glas einmal über den Parkplatz, tastet ab mit schnellem Blick.

„Über den Parkplatz und denn nach rechts. Da ist es besser, da sind Menschen und die Stadt", rät sie ihm vor Angst ganz heiser. Ihr ist, als wolle sie Punkte sammeln, Punkte, die sie bräuchte für irgendwas in einer Zukunft.

Er schaut sie an, hält seine Hand ihr hin, Handfläche nach oben und am Saum seines blauen Kittels lukt hervor das kastenförmige Tattoo.

Er greift ihre Hand. Sie erwartet, dass sie mitgezogen wird und als Geisel dienen muss, doch nichts davon geschieht. Verabschiedung ist es in höflicher Form, doch bei bohrendem Blick.

„Das ist riskant", spricht der Verbrecher, doch Ria bietet flackernd ein Lächeln auf und schüttelt ihren Kopf. „Ne, die kommen nie drauf, dass ich das war", ist sie sich sicher und er lächelt ... ja, er lächelt zärtlich, beinahe versonnen.

„Dieses Risiko meine ich nicht", flüstert er in einer Art, die sie neu erschaudern lässt.

Kapitel V

Noch als er durch die Türe ist, hält ihr Schaudern an. Das Türblatt schlägt. Er ist fort. Sie ist allein. Zwei Schritte macht sie vor und sieht ihn durch die Scheibe den Parkplatz kreuzen im Sonnenlicht. Zügig und geradlinig strebt er dem Ausgang entgegen.

Als sie heraustritt auf die Stufe, wirft er seinen Kittel zwischen geparkte Autos, noch leuchtet das T-Shirt weinrot auf, dann verschwindet er wie von ihr empfohlen nach rechts. Passanten und Autos auf der Straße hupen und rauschen. Normalität ist da. Da ist Draußen. Ria blinzelt. Er ist fort.

Alles hat funktioniert, doch ihr ist schlecht. Sie lässt sich nach hinten kippen gegen Glas und Türe. Mit zitternden Fingern zieht sie die Zigarettenpackung aus der Tasche ihres Kittels. Einmal fällt sie herab und beinahe kippt Ria nach vorne über, als sie die Packung vom Boden klauben will.

Drei Anläufe benötigt sie, bis das Feuerzeug endlich zündet. Es flutscht ihr durch die feuchten Finger. Jetzt ist sie da, die Nervosität. Jetzt, wo es vorüber geht. Es war so spannend, so besonders intensiv. Genau wie erhofft. Es war etwas Großes.

Sie blinzelt. Es ist vorbei, denkt sie, versucht ein Lachen. Alles ist doch gut. Sie steht doch in der Sonne, mit Zigarette in der Hand wie so oft. Werk getan und niemand weiß davon, doch da ist Galle in ihrem Mund. Nichts ist vorbei. Sie spürt seinen Finger an ihrem Kinn. Es war ein Fingerzeig und alles war ein Fehler, weiß sie. Irgendetwas, irgendein Detail hat sie in all ihrem Eifer nicht bedacht, weiß sie, doch weiß nicht was.

Kapitel VI

Die Routine beruhigt. Sie darf wieder sein, denn im Schwesternzimmer angekommen und zurück, ist alles wie immer. Noch ist der Abgang des Patienten 504 nicht bemerkt und alles ruhig.

Aische ist im Schwesternzimmer, Paula begegnet sie auf dem Flur und Ria wird gerufen. Hin und Her. Dienst ist und Ria lächelt, es scheint gelungen. Langsam, ganz langsam weicht es zurück und ihre Kehle fühlt sich wieder frei.

Dann ändert sich das Klima im Bienenstock. Aufregung, Telefone klingeln. Einer von der Leitung mit Schlips und Sakko rennt über den Flur. Dann Polizisten, es geht hin und her und die Schwestern Aische, Ria, Paula, Sarah müssen darauf achten, auf dem Flur nicht umgerannt zu werden.

Wie ein Lauffeuer breitet sich die Nachricht aus. Patient 504 ist verschwunden. Einfach so, Hinterausgang Radiologie und niemand weiß wie und große Ratlosigkeit und Entsetzen ist und Ria bemüht sich sehr, dass sie nicht lächelt.

Da hat sie etwas Großes vollbracht. Ria ist ein Star. Der heimlichste Star der Welt, denn es gibt nur einen Fan: Sie selbst. Endlich einmal.

Und dann ist das Schwesternzimmer blockiert, was wirklich lästig ist. Nein, nicht wirklich blockiert, so ist es nicht. Es ist ein Notfalltreff, eine improvisierte Versammlung. Fünf Polizisten in Zivil, Sakko, Anzug, Schlips argumentieren aufgeregt mit einer dunkelhaarigen Kollegin in roter Lederjacke.

Sie stehen und zetern, sprechen laut mit großer Gestik und diskutieren, was nicht sein kann und nicht sein darf: Patient 504 – ist im Abgang.

Es fehlt ein Raum, es hat sich so ergeben, dass die Polizisten, bestimmt die Chefs, oder Leiter der Verhöre, mindestens mit Verantwortung, so improvisiert im Schwesternzimmer tagen.

Paula, Aische, Sarah und Ria müssen sich für ihre Arbeit vor den Schränken drücken. Gott sei Dank ist das Zimmer groß genug und sie können gerade so ihre Arbeit tun. Die Polizisten sind in Rage, unmöglich sie zu stören. Besonders einer zetert. Er hat original – ein Unding eigentlich – ein Tray genommen, eines dieser Tabletts, auf denen die Schwestern ihre Utensilien tragen und schlägt damit ein auf den kleinen Vespertisch der Krankenschwesterkollegen, so sehr ist er außer sich.

„Das einfach nicht! Das darf doch einfach nicht passiert sein", brüllt er und der Kunststoff peitscht vier Mal auf die Fläche, bis das Tablett schließlich auf den Boden flitscht. Hochrot ist sein Kopf, seine wenigen Haare stehen ab und seine Augen springen vor vor lauter Zorn.

„Undenkbar, undenkbar, einfach undenkbar", grunzt ein schmaler Polizist mit Lederkrawatte und schüttelt fassungslos den Kopf. „Wie kann das denn, er war doch voll in Narkose", schnaubt der Dritte. Nur die Polizistin in der Lederjacke, ein Hübsche, irgendwas mit vierzig und

Waffe unter ihrer Jacke blinzelt, steht still mit den Händen in den Taschen und überlegt sichtbar.

Ria wagt es nicht, wagt nicht zu den Polizisten hinzuschauen. Nur zieht sie der Blick zu der Polizistin in der roten Lederjacke magisch an. Ihr ist, als ob sie sie erkenne. Und dazu dieses Geschrei!

„So ein Fisch, so ein Riesenfisch ...", spricht der eine. „Wir wissen gar nicht, wer er ist", unterbricht die Polizistin leise und besonnen. „Leitungsebene, mindestens, wenn nicht höher! Was für ein Fang! Was für ein Zufall und jetzt ist er weg!", krächzt der Älteste empört und schaut sich um, als suche er nach einem neuen Tray, mit dem er einschlagen kann auf den wehrlosen Tisch.

Jetzt fällt es Ria ein. Jetzt weiß sie, woher sie die rote Lederjacke kennt. Nur, dass sie eine Polizistin kleidet, das hätte sie doch nie gedacht. Nach Polizistin sieht sie gar nicht aus, die Brünette. Doch ja, das ist sie! Ja sie ist es und Ria wundert sich und macht langsam. Ihren Schwarm hat sie nicht erkannt im ersten Augenblick. Offensichtlich ist sie nicht so beieinander, wie sie glaubt. Sie braucht Konzentration, muss die Liste für die Patienten richtig füllen, das ist ihr Job. Schwer möglich, wenn hinter ihr Polizisten schreien und sie der geheime Anlass ist.

Ihrer Kollegin Aische ist es zu viel. Sie hat sich abgeseilt und auch Paula ist längst auf und davon. So spannend der Text der Polizisten ist, ihre Wut vertreibt die Krankenschwestern. Da will man nicht sein. Aber Ria muss. Sie muss hören, was da gesprochen wird. Und sie darf nicht lächeln, es ist ihr Triumph, ihr Besonderes.

Der Ton hinter ihrem Rücken wechselt, wird konstruktiver. „Zumindest wissen wir ungefähr, wer er ist.

Was er war", konstatiert die Polizistin, die eine Oberkommissarin ist, wie Ria gleich erfahren wird.

„Verdammte Scheiße", zischt einer der Herren, lässt Dampf ab. „Er muss Unterstützung bekommen haben. Von außen eingedrungen", vermutet eine männliche Stimme, die Ria nicht zuordnen kann. Sie steht mit dem Stift in der Hand vor der Liste und lauscht, versucht erfolgreich unsichtbar zu sein.

„Ja, aber wie? Wie die Kontaktaufnahme? Er war im Zimmer", spricht ein anderer. „Und du brauchst jemanden, der die Abläufe des Hauses kennt. So schnell geht das nicht. Du brauchst das Wissen für eine Flucht. Das vor Ort", raunt die Oberkommissarin und massiert ihren Nacken, überlegt angestrengt. Brainstorming ist und Ria hält den Atem an.

„Genau, braucht man, ohne Ortskenntnis geht nichts", denkt Ria und ist so stolz. Das war sie! Sie hat! Sie war und keiner weiß davon! Ein schöner Atemzug wird das, ja, doch, lächeln darf sie doch. Ein kleines Grinsen darf.

„Dann muss es jemand vom Personal sein. Unterstützung", spricht einer. „Aber das ist ungeplant. Dann muss der im Container liegen. Die Azteken löschen ihre Zeugen. Immer!", spricht ein zweiter, und Rias Herz steht.

„Scheiße ja. Löschen trifft es gut", besinnt sich nun der Trayzertrümmerer, macht zwei Schritte zum Ausgang des Schwesternzimmers und winkt einem wartenden Kollegen, einem Boten oder Untergebenen. „Sucht nach Toten in den Müllcontainern, Schächten, Abstellkammern. Angestellte, Patienten, Besucher, Ärzte, Schwestern, alles kommt in Frage. Es müssen Personen fehlen. Und keiner rein oder raus! Dreht alles auf links. Schaut auf fehlenden Feuerlöscher. Sie sprühen damit immer alles ein", hört Ria ihn halb auf dem Flur Kommandos geben und alles im Zimmer schweigt.

Rias Kartenhaus ist gefallen. Ihr Stolz ist vergangen, einfach weggekippt. Der aus 504 war kein Verbrecher, kein Killer, es war schlimmer. Sie hat ein Monster befreit. Sie hat verstanden, es war ein Monster und der Helfer war sie! Jetzt verschnürt Verzweiflung ihren Hals und sie steht still vor der Liste mit Stift und bemüht sich. Sie versucht sich im Einatmen, was nicht gelingen will. Ein riesengroßes „Was habe ich getan?", steigt in ihr auf und würgt Lunge und Herz.

Sie versteht nicht, plötzlich versteht sie nicht mehr, warum sie ... dabei war es vor Sekunden noch ihr Stolz.

„An den Kameras sind wir dran. Fahndung überall", repetiert die Oberkommissarin und zählt es an ihren Fingern ab. „Aber wir können keine Fotos rausgeben von ihm", „Auf keinen Fall", spricht ein anderer. „Wir müssen herausfinden, wer alles in seinem Zimmer war. Handy, irgendetwas. Es muss Kontakt gegeben haben", zählt die Polizistin auf. „Nicht unbedingt", spricht der Kollege Lederkrawatte.

Stille

„Sie?", spricht die Oberkommissarin jetzt laut. Niemand bewegt sich. „Sie da?", spricht sie noch lauter und alles bleibt, wie es ist. „Sie da Schwester!", ruft die Oberkommissarin jetzt und endlich erwacht Ria aus ihrer Starre, schaut erschrocken zu ihr, noch immer mit Stift in der Hand. Sie ist gemeint! Wirr ist Rias Blick und ihre Locken pendeln über blauem Kittel.

Ein Blickkontakt. Ria entsetzt, die Oberkommissarin bedacht.

„Ich glaube, das sollten sie gar nicht mitanhören", rügt sie und Ria nickt schnell. „Ja, natürlich nicht, Entschuldigung", antwortet sie schnell und beinahe ist ihr schlechter als schlecht. Es ist alles so … so sinnlos auf einmal und eben so gelingt es ihr die Liste von der Ablage zu ziehen und unter den Blicken der Polizisten verlässt Ria geschlagen das Zimmer. Ja, sie hat gelauscht, aber das ist nichts. Das ist nichts, nichts gegen das, was da in ihr an ihrer Kehle schnürt. Sie wendet sich in Richtung Flur. Zufall, unbedacht. Da stehen die drei Polizisten in ihrer Montur, Maschinenpistolen und Splitterschutz. Einer wartet mit dem Rücken zur Wand, schlägt immer wieder mit dem Hinterkopf zurück, genervt und erschöpft und frustriert. Und das war alles sie!

Ria kehrt um. Sie muss jetzt am Schwesternzimmer vorbei. Die Türe steht offen, sie beraten weiter.

Ihr Schritt verlangsamt, dann steht sie im Rahmen, schützt ihre Brust mit Liste und Stift mit den Armen verschränkt. Die Polizisten in Schlips und Kragen und roter Lederjacke bemerken sie nicht. Drei Sekunden lang nicht, dann ist Stille und sie schauen zu ihr, der Krankenschwester in der Türe. Einmal schluckt Ria noch, schluckt gegen das Würgen im Hals.

„Ich war im Zimmer 504, bei ihm", erklärt sie und alles erstarrt. Alle schauen sie auf Ria. Die Oberkommissarin ist die erste, die reagiert, zieht Ria am Ärmel in das Schwesternzimmer und schließt beherzt die Türe.

„Du warst was?", spricht sie schnell und alles in Ria flackert. Ihr ist, als sei sie wie vor Gericht. Vier Ankläger stehen dort und Richter und Verteidiger fehlen. Sie sucht nach dem geeigneten Wort, einem Einstieg, wie sie erklären kann, ohne zu verraten.

„Blutdruckmessen", presst sie heraus. Vier Augenpaare schauen sie an. „Ich wusste nicht, dass ich das nicht darf", bebt ihre Stimme und sie fährt mit flatternden Fingern durch eine Locke im Haar.

„Ich meine. Oxycodon und diese Dosis, da muss man einmal nachschauen", entschuldigt sie sich und tatsächlich wirkt es und scheint glaubhaft zu sein. Bewegung kommt in die erstarrte Truppe.

„Wie hat er gewirkt?", fragt einer der Polizisten. „Erstaunlich wach", erwidert sie und nickt ein wenig gefasster jetzt. „Wann waren sie in dem Zimmer?", wird sie gefragt und Ria zieht eine Schulter nach oben, sucht eine Antwort auf dem Boden, die sie in Wahrheit sehr genau weiß. Achtundzwanzig Minuten vor Abholung zum CT. Achtundzwanzig, nicht siebenundzwanzig oder dreißig. Achtundzwanzig, denn sie hatte auf die Uhr geschaut, darauf gebrannt. Natürlich weiß sie es. „Etwa ne halbe Stunde schätze ich", antwortet sie.

„Hat er etwas Besonderes gemacht? Irgendetwas Auffälliges?", fragt die Oberkommissarin, hält den Kopf ein wenig geneigt und beobachtet Ria genau mit sehr wachen Augen.

„Nein, nein, eigentlich nicht. Ich fand ihn eigentlich ...", spricht sie, hebt die Augenbrauen, denn alle schauen zu ihr so gespannt. „... nicht unnett. Ganz sympathisch eigentlich", lügt sie und es löst ein wenig Verwunderung aus unter den Vieren. Vielleicht dürfen Verbrecher das nicht, fällt ihr ein.

Ria wägt ab und wählt: „Er hat etwas Nettes gesagt", spricht sie es aus und im Raum ist es so still, sie meint den Strom in den Leitungen zu hören.

„Er hat gesprochen?", raunt der Trayzertrümmerer. „Ja", nickt Ria, als sei das normal. „Kann er unsere Sprache?", wird sie gefragt aus anderer Richtung und Ria nickt abermals. „Ja, schon, ja. Mit Akzent, aber ja. Aber eigentlich spricht er Spanisch. Ich kann ein wenig Spanisch", antwortet sie und lächelt dazu. Fassungslos schauen die Polizisten zu ihr, dass ihr gelungen ist, was keinem Verhörspezialisten gelang.

„Was hat er gesagt?", drängen sie, aber Ria gibt an es nicht mehr zu wissen. Belanglos sei es gewesen.

Der Älteste stellt einen Fuß auf die Sitzfläche eines Stuhls und zählt an seinen Fingern ab. „Also, sie waren zum Blutdruckmessen da drin? Er hat mit ihnen gesprochen und er war ganz freundlich, als sei nichts gewesen?", fragt er und Ria nickt, zuckt jetzt aber doch einmal mit der Schulter, denn das klingt unglaubwürdig.

„Na ein bisschen gruselig war der schon, das alles und so, aber ... er ist ein Patient", beharrt sie und es klopft an der Scheibe des Schwesternzimmers. Alle wenden sich zum Glas und Paula die blondgelockte Kollegin mit ihrem Zopf steht da im blauen Kittel und klopft. Sie will herein.

„Das ist Paula, sie muss an den Schrank", entschuldigt sie ihre Kollegin. Der Betrieb muss ja weiterlaufen, Polizeiversammlung hin oder her. Das verstehen auch die Polizisten. Sie sind ja der Störenfried und so schweigt die ganz Runde, während Paula neben ihnen in einem der Schränke kramt. Natürlich wirft besagte Paula einen interessierten Blick zu ihrer Kollegin, die da steht, als sei es ein Verhör. Auch weiß sie ja von dem Besuch in dem verbotenen Zimmer.

„Ich wusste nicht, dass das verboten ist", spricht Ria und ignoriert Paulas fortgesetzte Störung. „Ich wusste nicht, dass der ... das der so gefährlich ist", spricht sie und jetzt drängt ihr Herz, denn sie muss, sie muss das wissen, sie hat es ja gehört und treibt sie um. Sie muss: „Was meinen sie denn mit „sie löschen alle" und warum suchen sie in Containern von Leuten von uns?", fragt sie und meint Mitarbeiter der Klinik. Das hatte der Ermittler, oder wer auch immer der Polizist in Anzug ist, gesagt, genau so und das hat Ria einen Schreck eingejagt. Genau das, lässt sie hier mit diesem kleinen Geständnis in der Runde stehen.

Da ist ein Moment der Unschlüssigkeit, als wüssten die Polizisten nicht, wie sie es erklären sollen. Auch Paula räumt jetzt sehr, sehr langsam Dinge auf ein Tray, als habe sie alle Zeit der Welt.

„Es ist ein sehr, sehr gefährlicher Mann", erklärt der Älteste und es klingt ein wenig väterlich. „Vermutlich", ergänzt ein anderer.

„Und warum liegt er dann auf unserer Station und nicht im Gefängnis?", fragt Ria. Es klingt naiv, trifft allerdings den wunden Punkt. Ja, die Polizisten, besonders die Oberkommissarin in der roten Lederjacke muss dazu sogar nicken. Das ist leider wahr und alle kennen die Antwort und sprechen sie nicht aus. Sie hatten nichts gegen Patient 504 in der Hand. Es gab keinen Grund. Das Ganze, alles daran, mit dem Zimmer 504 und dem Oxycodon war nicht ganz sauber. Sie wussten sich nicht anders zu helfen, ihn nicht anders festzuhalten.

Die Türe des Schwesternzimmers wird aufgerissen und ein Polizist in Zivil in Jeans und Hemd stürmt in die Runde. Ein Laptop hält er aufgeschlagen und ist sehr schnell. „Wir haben ihn!", ruft er und die Polizistenrunde nebst Ria und Paula spratzt auseinander. Bei sieben Personen und Tisch und Stühlen wird es langsam eng im Raum.

„Also wir haben ihn auf Video, auf dem Parkplatz, hinten, Rückseite!", ruft er und schon steht der Laptop auf dem Tisch und die Polizisten hängen davor und dadrüber. Die

Krankenschwestern sind vergessen, zu spannend ist das jetzt. Nein, nicht ganz. Auch Paula steht im guten Winkel, kann über die Köpfe der Polizisten hinweg auf das Display sehen.

Nur Ria nicht, sie steht dahinter und sie friert. Jetzt weiß sie, was sie vergessen hat. Zäh und träge fliest nun kalt und schwer das Blut in ihr, wird kaum noch gepumpt. Sie weiß, was die Polizisten sehen, bleibt stehen auf der Stelle, wartet ab und schluckt. Flucht macht keinen Sinn.

Auf dem Monitor ist zu sehen in mäßiger Qualität und nur Schwarzweiß, wie ein Mann in Kittel den Parkplatz kreuzt, eilig und bestimmt, den Kittel wegwirft und aus dem Bild verschwindet. Die Einfahrt hat die Kamera nicht im Blick. Datenschutz. Den Bürgersteig filmen darf man nicht.

All das weiß Ria. Natürlich weiß sie es, hatte es nur vergessen, es war ihr entfallen im entscheidenden Moment nicht da, daher hat sie ... daher ist ihr ... daher ... hat sie diesen dümmlichen Fehler gemacht.

Jetzt, wo der Fremde entschwunden ist, schon das Bild angehalten werden soll, hält der Polizist in Jeans inne und stoppt die Unterbrechung ab. „Ne, warte, es kommt noch was", erklärt er und wie gebannt, schauen alle auf den Monitor.

Eine Krankenschwester ist in der Türe des Hinterausgangs erschienen. Einmal beugt sie sich herab, als habe sie etwas verloren, steht dann vor dem Glas und raucht.

Es braucht einen Moment. Das Bild ist nicht so scharf, nicht so richtig gut. Der Winkel ist nicht günstig, aber dann ... Es ist die Oberkommissarin, die Ria als erste anschaut. Die steht traurig mit schwerem Atem. Drei, vier, fünf, dann alle Augenpaare schauen zu ihr hin.

Sie beißt auf ihrer Unterlippe, schiebt den Unterkiefer vor und kaut jetzt die Oberlippe. Sie kann nicht schwitzen, doch ist ihr danach. Alles ist so schwer und zäh.

„Er ist nach links. Hat mich gefragt, wo der Burger-King ... er wollte zum Burger-King, keine Ahnung warum. Blaues Shirt, Crocs", gesteht sie und ist ein wenig erleichtert. Dann eben so. „Dann wissen sie es halt", denkt sie und fühlt sich, als stehe sie vor dem Schafott.

Es geht sehr schnell. Alles passiert gleichzeitig. Da wird gerufen und Weisung durchgegeben in Handys und auf den Flur, alles müsse zum Burger-King. Ria wird mit dem Oberkörper auf die Tischfläche gedrückt. Handschellen knarren unangenehm und gemein-schmerzhaft an ihren Handgelenken und sie spürt den Zorn der Polizisten, ihre nur teils unterdrückte Wut. Ja, gestoßen wird sie sogar, damit sie sich aufrichten soll.

Aber das ist alles nicht so schlimm. Was Ria trifft, ist Paulas Blick. Dieses Fragen, dieses Entsetzen und dieses Urteil. Das trifft Ria ins Mark und sie bereut. Sie bereut. Es war ein Riesenfehler! Alles!

Die Handschellen, das alles, dass sie mit muss zu ... alles egal, nicht schlimm. Dieser Blick der Kollegin, der tut weh!

Kapitel VII

Keine halbe Stunde später im Verhörraum des Polizeipräsidiums sitzt Ria auf einem harten Stuhl mit noch immer gemein fest gezogenen Handschellen um die Gelenke. Sie kneifen eisern und es schmerzt, aber Ria will sich nicht beschweren.

Der Raum erfüllt alle Kriterien, den ein Verhörraum mitbringen muss: Kahl, gleißend hell mit Neonlicht, Stühle, Tisch, Spiegel in der Wand, als halbtransparentes Fenster. Sogar ein Mikro gibt es auf dem Tisch, doch Ordnung ist nicht. Es ist Chaos, denn der kleine Raum ist viel zu voll. Vier Polizistin und Ria, das ist zu viel. Während sie sitzt, als sei sie Büßerin, müssen die Polizisten stehen, oder haben sich wie der Älteste und Anführer, halb auf den Tisch gesetzt. Alle wollen sie dabei sein, drängen, bedrängen, dabei haben sie mit dem Verhör noch gar nicht angefangen.

Ria lässt es geschehen. Alles ist wie in Trance und rauscht an ihr vorbei, auch der Weg zum Präsidium. Dabei muss sie gleichzeitig denken und verstehen. So ganz hat sie nicht erfasst, was sie da getan hat, aber die Aufregung ist so groß. Offensichtlich halten die Polizisten diesen Mann von Zimmer 504 für sehr gefährlich, kennen ihn aber nicht, vermuten nur was und wie gefährlich er vielleicht sei, etwas, was Ria aber besser weiß. Er ist es! Er ist gefährlich. Sie spürt noch seinen Finger da an ihrem Kinn.

Sie hat das Schlimmste getan und die Polizisten sind zu recht empört. Sie hat den „Fang des Jahrhunderts" befreit. Wer er aber ist, oder warum diese Aufregung, diese Skala, das verseht sie noch immer nicht. Alles ist zu viel, zu schnell zu neu und jetzt dieses Zimmer mit dem hellen Licht und all die Blicke. Sie im Präsidium!

„So, junge Lady, und jetzt wollen wir genau, und ganz genau wissen ...", beginnt der Älteste der Truppe und klingt drohend spöttisch. Doch da ist ein Räuspern und er hält inne. Seine Kollegin in der roten Lederjacke hat ihn mit einer Geste gestoppt. Kurz hält er sich zurück und macht dann weiter. Er lässt sich nicht einfach so bremsen und vielleicht, vielleicht, auch nicht von einer Frau. Da ist eine halbe Sekunde und es scheint, als wolle er seine Ärmel hochkrempeln, aber er trägt noch sein Sakko, also ist das nicht möglich. So stützt er sich nun auf den Tisch, auf dem er mit einer Pobacke sitzt, schaut Ria vorgebeugt an.

„Das war Gefangenenbefreiung, das wird richtig teuer, das wird übel, ... das sollte klar sein und jetzt ...", holt er aus und wieder wird er von einer Geste der Kollegin gebremst.

Die räuspert sich erneut. „Er war gar kein Gefangener", spricht sie leise und alles im Raum schwebt. „Er war kein Gefangener. Also hat sie ihn auch nicht befreit. Geht ja nicht", erklärt sie und alle schauen die Oberkommissarin an, als seien sie geohrfeigt.

Sogar Ria schaut empört zu ihr. Da ist ein Reflex in ihr: „Natürlich habe ich ihn befreit!", will sie reagieren. Das zu behaupten ist eine Frechheit, aber Ria widerspricht natürlich nicht. Diese Frau in der roten Lederjacke hat recht, zuckt jetzt sogar einmal mit den Schultern, denn Recht ist Recht. Wo kein Gefangener, da keine Befreiung.

„Er war ein Patient", wagt sich Ria vor und vier sehr böse Augenpaare schauen sie an. Trotzig erwidert sie die Blicke, denn das ist noch immer der allererste Punkt, der mit dem alles angefangen hat, schon im Schwesternzimmer, nach der Streichholziehung. Naloxon, die Ampulle. Die Vorentscheidung.

Man darf nicht ... „Man darf nicht Leute einfach so unter Narkose setzen, nur weil es einem gefällt", hört sie ihre eigene Krankenschwesterstimme. Es ist blanker Trotz. Sie hält dagegen, einfach ob der Ungerechtigkeit. Patient ist Patient, das darf man nicht missbrauchen. Zwar riskiert sie Ohrfeigen in dieser Runde hier, doch es ist ihr egal. Die Polizisten scheinen in Ohrfeigenstimmung, was in Handschellen wirklich unangenehm wäre, aber ... Patient ist Patient. Punkt. Da hat die tolle Kommissarin in der roten Lederjacke recht. Sie, die Ria, hat nichts Schlimmes getan, weiß Ria. Also hat sie schon, aber ... Ria wird, klar, sie können ihr nichts. Bei all der Wut, der Empörung, die da vor ihr steht, sie hat nichts Verbotenes getan. Naja, beinahe. Alles halb so schlimm.

Ja, ein Schelm in ihr lässt sie sogar lächeln. Das kleine Krankenschwesterlein hat es allen gezeigt. So fühlt sich das an, nur leider weiß Ria auch, es ist nur ein Zwischenresumee, da kommt noch mehr. Sie sind noch nicht fertig mit ihr.

„Sie ist einfach eine Zeugin. Mehr nicht", erklärt die Oberkommissarin und jetzt richtet sich die Empörung der drei verbliebenen in Anzug und Krawatte in Richtung der roten Kollegin. Die bleibt lässig, zuckt mit den Schultern.

„Ist einfach so. Ich schlage vor, wir nehmen ihr die Handschellen ab, das ist nämlich gar nicht erlaubt, was wir hier tun", klärt sie auf, aber so einfach ist das nicht. Der Älteste braust auf, drängt mit aufgestellter Faust auf der Tischplatte, ja, Spucketropfen spritzen, während er spricht.

„Wie jagen nicht ... die halbe Welt jagt nicht ... und dann bekommen wir „the top of the top" in die Finger und dann sollen wir ...", knarrt er und nicht nur Ria ist es, als quellen seine Augen hervor.

Die Oberkommissarin bleibt unbeeindruckt, lächelt sogar. „Doch! Und es ist meine Zeugin. Ihr Wirkungsbereich ist nur im unmittelbaren Umgang mit Verdächtigen der organisierten Kriminalität und endet hier. Sie hier ist meine Zeugin und ich sage, Handschellen ab, das mache ich", hält sie entspannt den Männern entgegen.

Ria hat nicht alles verstanden, aber es scheint um Internes zu gehen. Um Zuständigkeiten innerhalb der Polizei, wer wen verhören, foltern oder Ohrfeigen darf.

„Und ich mache es auf meine Weise, und zwar alleine mit ihr. Alle raus", raunt die Oberkommissarin freundlich. Der Widerspruch ist erstaunlich gering. „Wir wollen doch Informationen und ich denke, das ist viel einfacher, wenn wir die junge Frau nicht bedrohen", erklärt sie weiter und Ria wundert sich nochmal, denn die Männer scheinen zu verstehen. Das erschreckt sie. Wenn die Polizisten sich so zurücknehmen, wenn sie das können ... Wenn sie so viel Wut unterdrücken, dann ist es ernst. Ria begreift: Wo sich so viel Streit verbeten wird, ist es zu wichtig und die Wichtige ist sie!

Das jagt ihr mehr Angst ein, als drohende Polizisten mit Schlipsen und sie kaut auf ihrer Unterlippe, während die Herren den Verhörraum verlassen. Ria ist es heiß und kalt zugleich. Wie versteinert erträgt sie, dass ihr die Handschellen abgenommen werden. Ein wenig ist ihr, als habe sie das nicht verdient. Verblüfft schaut sie auf ihre befreiten Handgelenke und zieht sie zunächst nicht zurück. Das steht ihr nicht zu! Sie hat einen Verbrecher befreit und langsam und stetig sickert in sie, was das für ein Fehler war. „Gelöscht“. „Sie löschen alle aus“, hatte der Polizist gesagt, erinnert sie sich. Ria begreift in Raten, dass Menschen sterben könnten, wegen eines Fehlers von ihr, einer Laune, einer Lust, einer kleinen Frechheit. Sie staunt, wie dumm sie war.

Nun ist sie mit der Polizistin allein und das fühlt sich schon ganz anders an. Natürlich hängen sie im Nebenraum alle hinter der Spiegelglasscheibe und hören jedes Wort, ist Ria klar.

Trotzdem, viel besser ist es. Die Oberkommissarin, lächelt, zieht ihre Lederjacke aus. Keine Vierzig ist sie, bei sportlicher Figur, gutaussehend, dunkelbraunes Haar. Schwung und Energie strahlt sie aus. Aber das alles kennt Ria ja.

Jetzt in T-Shirt und Schulterhalfter mit Waffe wirkt sie viel mehr wie Polizistin, mehr als zuvor. Genau so wie aus Filmen, doch sie rückt an dem Tisch, schiebt ihn zur Seite, was Ria unerklärlich ist.

„Wir kennen uns, nicht wahr?“, fragt die Oberkommissarin sehr freundlich. „Ja, ja“, antwortet Ria und reibt endlich ihre schmerzenden Handgelenke.

„Woher denn?“, fragt die Polizistin, räumt sogar das Mikrofon zur Seite und stellt es in den hintersten Winkel des Tischs, von beiden abgewandt.

„Aus dem Supermarkt und so. Ich glaub, wir wohnen in der Nähe. Sie sind mein Schwarm“, erklärt Ria und erst ob des verdutzten Gesichtes ihres Gegenübers wird ihr klar, was sie da für einen Unsinn spricht. „Schwarm? Wieso Schwarm?", fragt der Schwarm verblüfft und interessiert. „Oh, ... also ... ja, also ich finde sie so toll. Immer wenn ich sie sehe ... also ...", antwortet Ria und weiß, dass sie sich hoffnungslos verfangen hat. Von überall in ihr, von allen Seiten sind Gefühle und Gedanken, es ist zu viel. „... ich ... ich bin so ein bisschen bisexuell und wenn ich sie immer so sehe ... also ... ach sorry, sorry, ich bin so durch den Wind", gesteht Ria und flennt bitterlich. Erst jetzt fällt ihr auf, Tränen rinnen über ihr Gesicht. Verzweiflung, Erleichterung, alles zugleich und sie weiß nicht wie und schützt ihr Gesicht mit ihren Händen. „Sorry, sorry, sorry", schnauft sie unter ihren Fingern.

„Alles gut, alles gut, alles gut Kleine", ist die Oberkommissarin sehr freundlich und ... Ria kann es nicht fassen, es ist wie ein wohltuender Stromschlag ..., streicht ihr mit beiden Händen über die Schultern sehr sanft.

Die Oberkommissarin ist nah, sehr nah jetzt, wie Ria durch ihren Tränenschleier erkennen kann. Und dann passiert etwas, mit dem Ria nicht gerechnet hat:

Die Oberkommissarin schiebt Ria mitsamt Stuhl entschieden in eine Ecke des Raums. Links und hinter ihr ist jetzt Wand und bevor Ria versteht, sitzt die Oberkommissarin auf einem Stuhl sehr dicht vor ihr, so dicht, dass ihr rechtes Knie zwischen ihren Knien steht.

So nah ist nicht schlimm. Es ist Ria nicht unangenehm, im Gegenteil, es ist tröstend, es ist nur so unerwartet und nun nimmt die Oberkommissarin auch noch ihre Hand und streichelt sie. Ria ist so verwundert, sie betrachtet ihre Hand, während die Polizistin das tut, kann nicht glauben, was sie da fühlt. Das ist schön.

„Ich bin Sabine", erklärt sie und drückt Rias Finger. Ria nickt. Sie wird diese Frau nicht belügen können, weiß sie schon jetzt. „Aber nicht schlimm, es ist nicht schlimm", denkt sie auch.

„Sorry, sorry für das mit dem Schwarm", spricht Ria, denn es ist ihr unangenehm. Das hätte sie nicht ... das hätte ihr nicht herausrutschen dürfen. „Das macht nichts", antwortet Oberkommissarin Sabine warm.

„Pass auf, ich erkläre dir jetzt einmal etwas, wir machen das jetzt unter uns Frauen, okay?", spricht sie sehr freundlich und Ria nickt, denn fest hält Sabine ihre Hand. Nur dreißig Zentimeter trennen ihre Gesichter und Ria ist es angenehm in der Ecke des Raumes eingekeilt. Richtig nett, fühlt sich das an, nett, warm und sicher und da ist eine Ahnung, dass sie genau das braucht.

„Das hier ist kein Film", spricht Sabine und nachdrücklich ist ihr Blick. „Okay", antwortete Ria und schnauft. Noch hängen da Tränen in ihrem Gesicht von der albernen Weinerei.

„Das hier ist die Realität", spricht Sabine weiter und lächelt dazu. „Ich weiß", beeilt sich Ria und nickt. Sie ist ja nicht dumm, Krankenschwester hin oder her.

„Diese Männer, da, meine Kollegen, die mit dem Schlips, die sich da hinter der Scheibe die Nase plattdrücken, die und auch ich zur Zeit, wir jagen. Wie noch ganz viele Polizisten auf der Welt in diesem Moment jagen wir sehr, sehr gefährliche Leute. Wir tun nichts anders. Das sind die schlimmsten Verbrecher, die du dir vorstellen kannst. Es sind Kartelle, sie sind organisiert und sie sind überall, sogar bei der Polizei! Sie haben sehr viel Macht und sind unglaublich brutal. Du kannst dir gar nicht vorstellen, wie brutal sie sind", spricht die Oberkommissarin mit zuckersüßer, warmer Stimme. Ria nickt und beißt auf ihre

Lippe. „Nein, du Häschen, das kannst du nicht", haucht und lächelt die Oberkommissarin nicht ohne Süffisanz. „Sie löschen", flüstert Ria und ihre Stimme bricht. Die Oberkommissarin hat innegehalten, hält eine Augenbraue gehoben und weiter Rias Hand. Nun nickt sie und fühlt Hochachtung für die kleine Krankenschwester: „Genau. Sie löschen. Sie löschen alle und alles aus", haucht nun auch sie. „Ja, sie löschen, ich habe verstanden", bebt Rias Stimme und die ganze Ria bebt, denn endlich darf sie beben bei all der in ihr gespeicherten Angst. Es flackert in ihr, dieser Mann, diese Hand an ihrem Hals im Keller des Krankenhauses ... Jetzt darf es und ist wieder da. Plötzlich diese Gefahr. Noch spürt sie seinen Schlangenblick.

„Ja, vielleicht hast du verstanden", stimmt die Oberkommissarin zu, tätschelt Rias Hand und meint genau das in ihr zu erkennen. „Sie löschen alles aus, was sich ihnen in den Weg stellt, wer etwas von ihnen weiß, wer sie gesehen hat. Sie sind Drogenkartelle, Menschenhändler, Mörder, Machthaber, alles zugleich. Sie köpfen Menschen, wenn sie einen Fehler machen, oder stecken sie auf einen Spieß und noch viel Schlimmeres mit Unschuldigen, die im Weg sind oder ihren Betrieb stören", erklärt Sabine mit leiser Stimme und Ria nickt, denn sie hat verstanden. „Und du kleines Häschen, hast einen davon freigelassen. Einen von der Führung, einen der Bosse", spricht sie weiter und lächelt. Ria flennt. Es ist blanke Verzweiflung. Ihr Herz krampft zusammen.

„Kannst du verstehen, dass wir ein wenig sauer sind?", fragt die Oberkommissarin und ja, Ria versteht, das wollte sie nicht. Sie wollte das nicht. Sie wollte das nicht ....

„Dieser böse Mann kann nun weitermachen und weiter Verbrechen begehen und Menschen töten und böse Dinge tun", spricht sie und schaut bedauernd auf Ria, ist so gemein und wohltuend nah und die, Ria, weiß nicht wohin mit sich. Es schüttelt sie, denn es tut ihr so leid. Tränen fließen, es presst in ihr und sie weiß nicht, wohin, weder mit den Händen noch mit sich, noch mit ihrem Oberkörper und ... die Oberkommissarin tröstet und streichelt ihre Hand.

„Das konntest du nicht wissen", flüstert sie und Ria nickt wie wild, denn das konnte sie wirklich nicht. Hätte sie das gewusst, auch nur ein wenig, dann hätte sie nie ... „Wer sind die?", presst Ria hervor unter Tränen und Druck, denn so präsent steht das dieser Mann vor ihr mit Schlangenblick, so fremd. Es widert sie an, sie widert sich an. Was hat sie getan!

„Das sind die Azteken. Sie nenne sich Azteken, aber pssst!", erklärt die Oberkommissarin und presst ihren Zeigefinger auf ihre Lippen. Ria schaudert, denn dieses Wort ist offensichtlich tabu. Aber es ist besser jetzt, nun hat es einen Namen. Azteken. Ja, so sah er aus. Ein Azteke, genau.

„Und du armes Häschen, bist da genau hereingeraten und egal, was du getan hast, egal wie ... es ist ein Fliegenschiss. Es ist nichts, verstehst du? Es spielt gar keine Rolle, gegenüber dem, was wir jagen", erklärt Sabine und schnippt mit dem Finger in der Luft. Ria versteht. Es spielt wirklich keine Rolle. Das ... ihres ist wirklich nichts.

„Wir wollen einfach nur wissen, was passiert ist. Sagst du uns das?", haucht die Polizistin Sabine und Ria nickt wie wild, ja das wird sie tun. Sie wird! Sie wird es sagen alles!, weiß sie und weiß, dass sie es nicht tun wird. Nicht alles!

„Wir haben ausgelost, wer zu ihm darf", beginnt Ria mit der Szene, mit der alles angefangen hat. „Es war also Zufall?", will die Oberkommissarin wissen und Ria nickt.

Besser ist es jetzt. Sie hat sich ein wenig gefangen und die sehr nette Polizistin hat ihr ein Taschentuch gereicht. Sie durfte sich Gesicht, Tränen und Rotz abwischen und noch näher ist Sabine gerückt. Einander gegenüber, ineinander sitzen sie die Schenkel verzahnt, so dass Ria nur ganz leise berichten muss. Das macht es einfacher, sicherer.

„Ich habe wirklich seinen Puls gemessen. Er hat ganz still gelegen. Ich hab getan, als sei er ein ganz normaler Patient und mit ihm geplappert. Er hat einen Satz gesagt, irgendetwas ... weiß nicht, belanglos", erklärt sie, stutzt für einen Moment, denn jetzt wird es schwer. „Dann habe ich das Naloxon in den Infusionsbeutel gedrückt", gesteht sie und beißt schuldbewusst auf ihre Lippe. Ängstlich schaut sie zu der Polizistin und erkennt, dass sie nicht versteht.

„Naloxon neutralisiert die Narkose, ist das Gegengift", klärt sie auf und Sabine blinzelt einmal. Sie schweigen. „Warum?", haucht die Oberkommissarin. „Ich fand das nicht gut, dass er so betäubt da lag. Das darf man nicht machen. Aber ich wusste natürlich nicht", spricht Ria und ... verdammt, sie wusste es wirklich nicht. Ohrfeigen könnte sie sich, hält aber doch lieber weiter die Hand der Oberkommissarin, denn das ist nett.

„Hat er dich irgendwie darum gebeten oder ..." „Nein", unterbricht Ria. „Meine Idee", gibt sie zu.

Sabine betrachtet die verweinte Krankenschwester. Aus jeder ihrer Poren trieft Reue.

„Und dann?", fragt sie weiter.

„Ich habe ein CT – bestellt. Vom Terminal des Stationsarztes, damit es echt aussieht. Bis dahin wer er wieder klar. Unten im CT – habe ich ihn abgefangen. Er hat den Radiologen mit einer Spritze betäubt. Ich hatte

Sachen für ihn, T-Shirt und so, ich habe ihm den Weg gezeigt. Und das wars", endet Ria in einer kurzen Version.

Sabine schaut sie ungläubig an. „Er hat noch gefragt, wo der Burger King ist, und …, dass er das nicht von mir gedacht hätte, oder so ähnlich", spricht sie und verzieht das Gesicht. Es klingt so unglaubwürdig, obwohl es beinahe die Wahrheit ist. Kaum gelogen hat sie, aber die Geschichte klingt mau. Auch der Oberkommissarin fehlt es an Glaube. Ihr Blick tanzt über Rias Gesicht.

„Dann war das deine Idee?", haucht sie und Ria nickt. „Aber warum?", haucht sie weiter und Ria zuckt mit der Schulter. Im Nachhinein fällt auch ihr eine Antwort auf die Frage schwer. Tastend schaut sie Richtung verspiegelter Scheibe.

„Ich fand das nicht gut, dass er auf dem Zimmer lag", reagiert Ria. Ihr fällt nichts Besseres ein und die Oberkommissarin lehnt sich zurück, war sie doch bis jetzt so nah an ihr vorgebeugt.

Skeptisch, suchend schaut sie auf ihre Zeugin, die wieder auf der Unterlippe kaut. Ria wagt nicht aufzuschauen, denn es ist ihr zu unangenehm. Ihr Fehler ist so unverständlich.

„Das verstehe ich nicht", spricht die Oberkommissarin und schüttelt den Kopf.

Ria massiert an ihrem Hals, alles ist so verspannt und unangenehm. Sie versteht es ja auch nicht.

„Ich verstehe nicht, warum du noch am Leben bist", macht die Oberkommissarin weiter und Ria erbebt. Als habe sie diese Nachricht befürchtet, schüttelt es sie jetzt und alles krampft. Suchend schaut sie die Polizistin an, die weiter mit dem Kopf schüttelt.

„Das macht keinen Sinn. Du hast mit ihm gesprochen, hast seine Stimme gehört, kennst als Einzige den Ablauf ...", zählt sie auf und Ria nickt. Sie hat verstanden. Es macht wirklich keinen Sinn, dass sie noch am Leben ist und weint.

„Ich müsste im Müllcontainer liegen", wimmert sie und die Polizistin nickt. „Ja genau. So machen sie das. Das passt nicht", stimmt sie zu.

„Entschuldigung ...", krächzt Ria, doch das „... dass ich noch da bin", gelingt ihr nicht. Es presst so riesengroß in ihr und die Oberkommissarin schaut auf sie und sucht, also ob in Rias Gesicht so außer sich, etwas zu finden sei. Wieder rinnen Tränen und sie schnauft mit Nase voller Rotz.

„Ich glaub, er wollte mich töten", flüstert sie und die Oberkommissarin hebt eine Augenbraue. „... er hat mich bedroht ...", wimmert Ria hervor unter all der Spannung und die Oberkommissarin beugt sich vor, nimmt die Hand ihrer Zeugin nun fester und greift nach. „Also doch ... was? Wie hat er?", haucht sie jetzt sehr vertraut.

„Ich weiß nicht ... es war kurz vor der Türe, kurz bevor wir draußen waren, da hat er mich an die Wand gestellt, und die Hand um meinen Hals gelegt. Ich glaube, da wollte er mich töten", flüstert sie. „Hat er aber nicht gemacht", reagiert Sabine. „Ne, glaube nicht", riskiert Ria einen müden Scherz.

„Was hat er gefragt?" Ria reibt mit einem Finger an ihrer Nase, denn es fällt ihr schwer, das zu gestehen. „Er wollte wissen, warum ich das tue für ihn", räumt sie ein. „Na, auf die Antwort bin ich auch gespannt", spricht Sabine und atmet einmal tief.

Metall schmeckt Ria in ihrem Mund. Die Worte sind so dürr, die sie jetzt sprechen muss. „Weil ich was erleben wollte", flüstert sie. Die Oberkommissarin braucht einen Moment, dann presst sie ihre Faust gegen ihre Stirn. Sie muss verdauen, dass ein weltweit gesuchter Verbrecher befreit worden ist, weil eine Krankenschwester etwas erleben wollte.

Ria wartet ab, atmet mit offenem Mund und weiß, jetzt wird mit ihr geschimpft. Schwer atmet die Polizistin so nah vor ihr. Ria wagt nicht aufzusehen.

Sie schweigt und es ist unerträglich für Ria bei all dieser Schuld.

„War so", haucht sie.

„Okay", fasst sich die Oberkommissarin ein Herz und nimmt Rias Hand jetzt zwischen beide Handflächen. „Okay, du Schätzchen, vielleicht ist es wirklich so, dass er sich gedacht hat, die ist so harmlos-dämlich, die lass ich am Leben, die ist ungefährlich", spricht die Oberkommissarin lässig und Ria findet den Gedanken schön. Das wäre fein. Das hört sie gerne.

„Glaube ich aber nicht. Du musst noch für irgendetwas gut sein. Da muss es etwas geben", zerstört die Oberkommissarin gleich darauf Rias Illusion.

„Er hat noch etwas gemacht", meldet Ria an und Sabine lächelt mit geneigtem Kopf gewogen und wartet ab, dass Ria weiterspricht. „Er hat so gemacht", erklärt Ria und wagt es, die freie Hand aus Sabines Händen zu ziehen und führt die Hand hinauf und zieht mit dem Finger unter Sabines Unterkiefer entlang bis zu ihrem Kinn.

Jetzt gibt es kein Halten mehr: Ria schlägt die Hände vor ihr Gesicht, flennt bitterlich und trampelt mit den Füßen auf der Stelle unter ihrem Stuhl. Alles verschwimmt und bricht zusammen.

Sekunden später erkennt sie wieder etwas durch ihren Tränenschleier. Die Polizistin sitzt da nah vor ihr und auch ihr stehen die Tränen in den Augen. „Oh mein Gott, mein Kind, hast du eine Angst", haucht sie und Ria nickt und nickt und nickt, denn ja, das hat sie. Genau das ist es! Weiter trampelt sie mit ihren Füßen auf den Boden, denn irgendwo muss sie hin mit ihrer Energie. Sie ist da, all die Energie, das Leben und das gehört ihr nicht. Sie ist doch tot, gehört in irgendeinen Container, gehört gelöscht. Sie weiß es, weiß es ganz genau, seit dem Moment mit dem Fingerstrich unter ihrem Kinn. Ria ist falsch, sie ist am Leben und eigentlich gehört sie tot.

„Hat er dich beauftragt, das mit dem Burger-King zu sagen? Dass er zum Burger-King ist, will er uns verwirren?", fragt die Oberkommissarin in der Sicherheit, dass ihre Zeugin in diesem Zustand nicht mehr lügen kann.

Aber Ria wirft wider Erwarten den Kopf hin und her. „Das war meine Idee", faucht sie unter Druck, was die Wahrheit ist. „Dann ist er also nach rechts in die Stadt?", fragt die Oberkommissarin ungerührt, aber wieder wirft Ria flennend den Kopf hin und her. „Er ist Richtung Burger King?", hakt die Polizistin nach und Ria schüttelt den Kopf um ihr Leben, obwohl die Antwort glatte Lüge ist; er ist nach rechts.

Es dauert eine Minute, bis sie sich ein wenig beruhigt. Die Polizistin sitzt vor ihn und schaut Ria mitleidig an.

„Du lügst, nicht wahr? Du lügst, damit wir ihn nicht fassen. Du denkst, du hast dann mehr Chance, am Leben zu bleiben, ist das so?", fragt die Polizisten gnadenlos und neu schießen Ria die Tränen und hart schlägt sie mit beiden Fäusten vor ihre Stirn wieder und wieder, denn verdammt, diese miese, liebe Polizistin hat so unglaublich recht.

Genau das ist es! Es war so ein riesengroßer Fehler!

„Hey, hey, hey", hört sie und die Lage hat sich verändert, denn nun ist Sabine wieder nah. Ria weiß nicht, wie lange sie in Angst auf sich eingeschlagen hat. Jetzt auf jeden Fall hält die Oberkommissarin ihre Handgelenke fest, was beinahe ein kleiner Ringkampf auf zwei nahen Stühlen ist.

„Ich bereue es so sehr, so sehr, so sehr...", wimmert Ria und „Ja, das glaube ich dir Liebes, das glaube ich dir ...", haucht sie als Antwort zurück.

Etwas ruhiger ist es jetzt. Gut, dass ihre Handgelenke gehalten werden, das Beben lässt nach und Ria schnauft einmal den Rotz die Nase hinauf. Da ist noch etwas, ein kleiner Rest, sie muss es sagen, muss es wissen.

„Er hat noch etwas gesagt", flüstert sie kaum hörbar. „Oh, was denn, was hat er denn noch gesagt Liebes?", fragt Sabine sehr leise zurück, kommt näher. Wange an Wange sind sie jetzt, damit sie einander hören können. „Er hat mich etwas gefragt", haucht Ria. „Was denn? Was hat er dich gefragt?", ist Sabine sehr vertraut.

Jetzt kommt das, was Ria am wenigsten versteht. Das irritiert sie sehr. Das passt zu nichts und deshalb muss sie einfach, denn diese Oberkommissarin wird es wissen. „Er hat gefragt, ob ich ein Drache bin", haucht sie in Sabines Ohr.

Die schnellt zurück und presst sofort ihre Hand auf Rias Lippen so fest, dass sie keine Luft bekommt, weder durch Nase noch durch Mund. Ihr Blick ist in heller Angst und eine Sekunde starrt sie Ria an. Dann kommt sie ganz nah, ganz nah neben Rias Ohr, hält ihren Mund noch weiter fest.

„Nicht, nicht, nicht, nicht sagen! Nicht! Die Drachen hören mit", haucht sie und hält Rias Mund, hält und hält ihn, bis sie spürt, dass Ria versteht.

Kapitel VIII

Große Motten oder Eintagsfliegen tanzen lautlos um die Laterne. Es ist dieses gelbliche Licht, Quecksilberdampf. Es ist die äußerste Laterne der Straßenbeleuchtung, denn vor Ria liegt die Stadt und sie ist doch mittendrin.

Sie steht auf der Rampe des Polizeipräsidiums Eingang zwei und es ist Innenstadt. Nur liegt das Präsidium ein wenig zurück und da ist diese freie Fläche und links beginnt der Park. Ein Blumenkübel, viel Granit, Absperrpfosten, damit man die Rampe nicht befahren kann.

Halb zwei in der Nacht und vorne auf der Straße fahren Autos von rechts nach links, Nachtschwärmer pendeln hin und her. Figuren, Schattenrisse huschen dort. Es sind nur dreißig Meter, doch Ria kann es nicht. Die dreißig Meter sind zu viel. Es ist zu weit. Sie hat es versucht. Wenn sie den Lichtkegel des Präsidiums verlässt, des Eingangs, dieses modernen hochverglasten Traktes, dann wird ihr Hals ganz eng. Es kriecht in ihr hinauf und macht sie ungewiss.

Sie versteht es nicht, betrachtet die tanzenden Insekten um das gelbe Licht und kann es nicht. Weiter kommt sie nicht. Ende. Ihre Füße weigern sich und tragen sie nicht in diese Dunkelheit.

Noch immer im blauen Kittel angetan, noch immer in ihren Crocs des Krankenhauses steht sie da.

Halb zwei und sie haben Ria entlassen. Es wurde noch ein Protokoll geschrieben. Zwei sogar, wenn sie es richtig verstanden hat. Ein Hin und Her war und der netten Kommissarin sein Dank, hat Ria überlebt.

Natürlich waren sie ihr noch böse all die Polizisten mit und ohne Uniform. Natürlich, sie spürt es. Sie hat ja ... ach, sie mag gar nicht daran denken.

Ria steht in ihren Crocs und ist ausgelaugt. Das Schlimmste war – so komisch es klingt – von allem war, sie schluckt schon nur bei der Erinnerung, war der Blick des jungen Polizisten in schwerer Montur. Sie ist ihm begegnet im Präsidium. Der mit der Maske und der schusssicheren Weste und der Waffe, der da vor dem Zimmer 504 gestanden war, der sie, die dumme Ria hineingelassen hatte zu dem tödlichen Patienten. Es war dieser Blick von ihm. Das tat richtig weh.

„Ja...", denkt sie und die Packung Zigaretten knistert noch in ihrer Tasche, „... ich bin dümmer als die Motten, die sich stumpf an der Lampe den Kopf einschlagen".

Vor ihr wartet die Nacht und die Stadt brummt. Ria dreht sich herum.

„Bitte, ich ...", spricht sie in die Öffnung für das Mikrofon. Auch das Polizeipräsidium hat einen Nachtschalter mit einer Pförtnerin dahinter, hinter Glas im Hellen. Dickes Panzerglas und Türöffner in elektronisch, damit das Kommissariat nicht überfallen werden kann.

„... bitte ich..., könnten sie jemanden für mich anrufen. Ich bin festgenommen worden und ... also ich habe kein

Handy und ...", stottert Ria und weiß gar nicht recht, wie sie es erklären soll.

„Ich kann ihnen ein Taxi rufen?", bietet die knarzende Stimme an von hinter Glas. Die Polizistin scheint freundlich, jung und schwarzes Haar, aber auch Pforten-Nacht-Dienst-Kummer gewohnt.

„Mein Geld ist auch noch in der Klinik", erklärt Ria, was die Dame hinter Glas gar nicht verstehen kann. Rias Lage ist so dümmlich.

„Könnten sie jemanden für mich anrufen? Geht das?", bittet Ria erneut, doch das kann sie nicht, das darf sie nicht, das ist nicht erlaubt. Da könnte ja jeder.

Ria schaut hinunter zur Rampe, der lauen Nacht, die Stadt, die tanzenden Insekten.

Es ist weniger die Erklärung oder die Bitte Rias, es ist mehr der Eindruck, den diese Krankenschwester verbreitet in dünner, blauer Schwesternkluft, nackten Waden und in Crocs. Die Pförtnerin lenkt ein:

„Sie sagten, sie seien festgenommen worden? Welches Kommissariat denn, vielleicht kann ich da etwas machen?", fragt sie und hält schon den Hörer ihres Diensttelefons in der Hand.

„Ähm ... weiß nicht", stutzt Ria und drückt die Hände in die Taschen ihres Kittels. „Also ...", stammelt sie.

„Weshalb sind sie denn festgenommen worden, wissen sie das?", fragt die Polizistin noch immer freundlich hinter ihrem Glas.

Wie nebenbei betätigt sie den Summer, da zwei Beamte aus der Türe hinter Ria treten.

Ria blinzelt. „Ich habe einen Mafiaboss befreit", wäre die richtige Antwort, aber die will sie nicht geben. Das klingt nicht gut.

„Organisiertes Verbrechen", spricht sie wahllos und jetzt ist es die Rezeptionistin, die blinzelt. Organisiertes Verbrechen und müde Krankenschwester mit Kittel, blanken Waden und Crocs passen nicht zusammen.

„Wissen sie einen Namen?", fragt sie freundlich nach und Ria fühlt sich immer verletzter. Es war so viel, so viel ist passiert und es waren Stunden. Seit Stunden war sie im Präsidium, über Stunden und hin und her und ... keinen einzigen Namen hat sie sich gemerkt. Sie ist so dumm.

Verzweifelt sucht sie in ihrem unsortierten Gehirn. „Sabine", antwortet sie endlich und die Polizistin hinter der dicken Scheibe fühlt sich für eine halbe Sekunde auf den Arm genommen.

„Rote Lederjacke, sie hat so eine weinrote Lederjacke, dunkle Haare ...", versucht es Ria und das Gesicht der Polizistin hellt sich auf.

„Herrlich", spricht sie und tippt auf der Tastatur des Telefons. „Was?", haucht Ria. „Sabine Herrlich, das ist ihr Name", antwortet die und Ria versteht und lächelt. Herrlich klingt schön.

Die Dame in Uniform wartet, hält den Hörer am Ohr. „Von der Herrlich festgenommen, da sind sie ja eine echte Verbrecherin", scherzt die Wächterin und es klingt nicht nur merkwürdig durch die knarrende Sprechanlage, der Scherz kommt nicht an. Es steigert nur Rias Verzweiflung. Sie antwortet nicht, schaut zu den Motten im tanzenden Licht und schiebt die Zehen in ihren Crocs. Sie will nur noch nach Hause. Nach Hause ... doch da unten ist die Nacht und sie kann nicht durch diese dunkle Wand. Es ist verrückt. Es ist nicht weit. Keine zwei Kilometer.

Was die Wache hinter der Scheibe spricht, kann Ria nicht verstehen, das Mikrofon ist abgeschaltet, aber endlich knarrt: „Sie kommt runter", durch das Sprechsystem, und ihr fällt ein Stein vom Herzen.

Vielleicht, ganz vielleicht, wird sie erlöst und darf nicht nur nach Hause, sondern kann es auch.

Ria hat ihre Zigaretten entdeckt, was albern ist. Die ganze Zeit liegt die Hand um die Packung und sie spielt mit dem Feuerzeug, aber auf eigentümliche Art ist es ihr entgangen. Sie hätte längst rauchen können.

Sie holt es nach, steht auf der Rampe und zieht an ihrer Kippe. Einmal entern drei Herren in Zivil mit schweren Koffern den Eingang, aber ansonsten ist es still vor Eingang zwei des Präsidiums. Das Leben ist da vorne, dreißig Meter weiter in der Stadt.

Dann steht sie hinter ihr, ohne rote Lederjacke, nur in T-Shirt, Halfter, Waffe, Jeans.

„Entschuldigung, Entschuldigung ich ... es tut mir so leid, sie haben bestimmt ... ich komme nicht ... ich habe mein Telefon nicht, ich habe kein Geld und ich komme nicht ... ich komme nicht durch diese Nacht, es ist so dumm von mir", spricht Ria sofort, flitscht ihre Kippe weg und bringt alle Kraft auf, nicht loszuweinen und der Kommissarin nicht in den Arm zu fallen. Ria schluckt hart und ärgert sich verwirrt, denn jetzt ist die Kippe fort und glimmt irgendwo auf dem Boden.

Sabine Herrlich, die vorübergehend leitende Ermittlerin des Teams A für organisiertes Verbrechen, Sondergruppe Südamerika schaut auf dieses Bündel blau bibbernder Zeugin. Die Nacht ist warm. Ein dünner Kittel reicht aus, doch die Zeugin friert, hat jetzt ihre Arme um ihren Leib geschlungen und tritt unruhig auf der Stelle.

„Du bist nicht dumm ...“, beginnt sie, hält aber inne. „Ich darf doch du sagen, oder?“, fragt sie und Ria nickt. Natürlich darf sie das. Auch hier, nicht nur im Verhör.

„Du bist nicht dumm, du hast so eine Art Schock. Du warst einer sehr großen Angst ausgesetzt und das hallt nach. Jetzt siehst du überall Gespenster“, erklärt sie und Ria nickt, hat verstanden und schaut wieder zu der Laterne mit den tanzenden Insekten. Es stimmt, da sind lauter Gespenster, da draußen in der Nacht, ganz bestimmt.

„Ich will meinen Freund anrufen, der könnte ... aber der geht eh nicht dran“, winkt Ria ab und schüttelt den Kopf. „Freddy, wir könnten Freddy anrufen“, sagt Ria traurig. „Aber ich habe ihre Nummer nicht, die ist ja im Handy“, erklärt sie und alles ist ihr so dumm. „Und du weißt die Nummer nicht? Ist Freddy eine Frau?“, fragt die Oberkommissarin, hält jetzt gewogen den Kopf auf die Seite gekippt. „Ja, meine Freundin, also beste Freundin. Aber ich weiß die Nummer nicht ... und ...“, spricht sie und weiß wirklich nicht weiter. „Aber ich bin bei der Polizei, ich weiß nicht, ob du das weißt, aber ... vielleicht bekomme ich das mit der Telefonnummer heraus. Wir können so etwas, wenn du mir Freddys Nachnamen sagst“, schlägt die Oberkommissarin vor und Ria ist ehrlich erleichtert. Daran hat sie gar nicht gedacht. Die Polizei kann das bestimmt.

„Da vorne kann sie aber nicht parken“, spricht die Oberkommissarin.

Sie sind ein wenig vorgetreten, heraus aus dem Lichtkegel des Eingangsbereichs. Mit ihr zusammen, mit der

Polizistin an ihrer Seite, ist ihr das möglich. Ganz bestimmt haben die Gespenster vor der Polizistin Angst.

Gott sei Dank hat sie Freddy erreicht. Die Polizei ist offensichtlich in diesen Dingen richtig gut. Viel schneller wäre Ria mit dem Telefonregister und Gespeichertem auch nicht gewesen.

Freddy kommt und holt Ria ab an Eingang zwei des Präsidiums, sie ist schon auf dem Weg. Freddy, ach Freddy. Freddy eilt zu ihr durch die Nacht ... Ria ist so erleichtert.

„Sie kommt zu Fuß, ist ja alles nicht weit", erklärt Ria und wieder knistert die Zigarettenpackung.

„Gib mir auch mal eine", bittet die Oberkommissarin, also stehen sie gemeinsam nebeneinander, rauchen und über ihnen tanzen die Insekten im Licht.

„Sie haben doch bestimmt total viel zu tun und wollen auch nach Hause", spricht Ria in das Summen der Stadt. Sie will andeuten, dass die Oberkommissarin nicht mit ihr hier warten muss. Nicht nötig ist das, viel zu viel verlangt.

Die antwortet nicht sofort, tippt einmal mit dem Zeigefinger auf ihre Lippen, zieht dann an der Kippe.

„Aber ich weiß, was Angst ist", antwortet sie leise und Ria versteht. „Danke", haucht sie. „Habe ich auch mal erlebt", flüstert Sabine weiter und Ria versteht noch mehr.

Da ist diese Frage, diese eine. Ria zögert, spricht sie dann aber aus. „Meinen sie, es ist vorbei?", fragt sie und natürlich weiß die Oberkommissarin sofort, was sie meint.

Drei Mal schnalzt sie leise mit der Zunge. „Ich habe keine Ahnung warum, aber du scheinst es irgendwie überstanden zu haben. Aus irgendeinem Grund ja", erklärt sie und es sind so wunderschöne Sätze. Genau das will sie hören! Ria will sie glauben und … Gespenster hin oder her, es gelingt. Ja, sie lächelt sogar.

„Jetzt sag bloß nicht, es tut dir leid. Dann behalte ich dich da und werfe den Schlüssel weg“, verwahrt sich die Oberkommissarin und Ria beißt auf ihre Lippe, denn genau das, genau diesen Satz wollte sie … na egal, dann lässt sie es halt. Ist wohl angekommen, dass es ihr leidtut, das mit dem Patienten aus Zimmer 504.

Ria lächelt, denn Freddy ist Freddy ist Freddy. In großen Schritten und sichtbar aufgebraucht kommt Freddy die Rampe hinauf, geht unter den tanzenden Eintagsfliegen hindurch.

So blond wie Ria, so mit Locken wie Ria, so schlank wie Ria, aber einen Kopf größer als sie, könnte sie Rias Schwester sein. Natürlich trägt sie keinen blauen Kittel und keine Crocs, sondern wild gemustertes Sommerkleid, passend zur Sommernacht. Die Farben sind in dem gelben Licht nicht zu erkennen.

Ria ist so dankbar dafür, so dankbar, dass Freddy mitten in der Nacht diagonal durch die ganze Stadt zu ihr eilt, dass sie keinen Ausdruck kennt. Es ist Liebe.

„Um Gottes Willen, was ist denn passiert?“, eröffnet Freddy aufgeregt. Was soll sie auch sagen? Ihre beste Freundin in Blau vor dem Präsidium mitten in der Nacht und neben ihr eine Polizistin schwerbewaffnet und Schulterhalfter um. Wie soll sie diese Szene verstehen? Und dann dieser Anruf, sie solle kommen am besten sofort.

Natürlich ist Freddy da schnell und auf und davon hin zu ihr.

Ria will ihr antworten, will ihr um den Hals fallen, doch die Oberkommissarin ist schneller und streckt ihrer Freddy die Hand entgegen.

„Oberkommissarin Herrlich das wird sie ihnen gleich erklären", fängt sie Freddy ab. Die beiden Frauen schütteln einander die Hand. „Freddy Manscheid, eigentlich Frederike", antwortet die nur und schaut zwischen Ria und der Oberkommissarin hin und her.

„Ihre Freundin ist ein wenig durch den Wind. Sie hat jetzt ziemlich Angst. Das ist normal, hat man große Angst erlebt", erklärt sie „Um Gottes willen", haucht die liebe Freddy und nimmt Ria in den Arm, ja umfasst sie sogar, was bei ihrer Größe gar nicht schwierig ist. Eins-Sechsundachtzig, ein Kopf größer ist viel, ihre Arme sind lang. Freddy ist eine Giraffe.

„Es wird ein paar Tage dauern. Sie wird überall Gespenster und böse Menschen sehen. Aber, wenn es nicht weniger wird und sowieso ... sie bräuchte Hilfe. Ein wenig Unterstützung wäre nicht schlecht", erklärt die Oberkommissarin und Ria nickt. Sie nickt in der Art, wo man weiß, es ein sehr vorläufiges „Ja, du hast recht".

Kapitel IIX

„Nein, gib mir, ich will aufmachen", spricht Ria und nimmt ihrer Freundin den Schlüsselbund ab. Es erweist sich als Segen, dass Freddy einen Schlüssel ihrer Wohnung hat. Dabei war es ein Versehen. Ursprünglich war es der Schlüssel von Cedrik, Rias Freund, aber der war ein Idiot, ein besonders idiotischer Idiot an jenem Tag gewesen und da hatte Ria ihm ihren Wohnungsschlüssel wieder abgenommen und Freddy gegeben. Sie stand da gerade zufällig und seit diesem Tag hat sie ihn an ihrem Schlüsselbund, was der oben besagte Segen ist, denn ohne, würde es jetzt kompliziert.

Mitten in der Nacht ins Krankenhaus, wo man mit Ria der Verbrecher-Befreierin bestimmt noch ein Hühnchen zu rupfen hat? Nein, keine gute Idee. So ist es viel einfacher. Und schön ist auch: Ria ist nicht allein. Freddy steht hinter ihr und das mitten in der Nacht, dieser schlimmen Nacht.

Dumm ist nur dieses Loch. Auch wenn Ria jetzt das Licht im Treppenhaus angemacht hat, geradeaus links neben dem Treppenaufgang geht es hinab in den Keller und seit gefühlt tausend Jahren ist dort die Birne kaputt und alles ist dunkel, ist Loch. Und heute besonders.

Aktiv muss sich Ria vorwärts schieben, denn da ist ein Loch und in Löchern hausen Gespenster. Sie muss nach vorne, denn davor, vorne links ist die Türe zu ihrer Wohnung.

Altstadt, Innenstadt, Altbau. Zwischen Dönerläden, chemischer Reinigung, und In-Café wohnt Ria. Perfekte Lage, mitten im Leben. Der Preis dafür ist die schlechte Bausubstanz und Löcher als Kellerabgang.

Nein, Ria ist nicht unbefangen, nicht leicht in dieser Nacht. Auch als sie Freddys dicken Schlüsselbund im Schloss der Türe herumdreht, auch nicht, als die Türe aufspringt: Rias Herz schlägt schneller als sonst. Da ist dieses dumme Gefühl: Es könnte ja jemand ... aber es ist Unsinn. Alle Zimmer sind leer und nein, niemand war in der Wohnung in ihrer Abwesenheit. Hirngespinste sind das. Trotzdem steht sie noch eine halbe Minute in dem kleinen Flur und schiebt ihren Daumen über ihre Schneidezähne. Da ist diese Unsicherheit: Hatte sie zwei Mal abgeschlossen? War es so? Sie weiß es nicht.

Und Freddy, die liebe Freddy-Giraffe, steht neben ihr und beobachtet sie. Sehr wohl hat sie sich die Worte dieser Kommissarin gemerkt und ja, Ria ist ungewohnt still. Kaum gesprochen hat sie auf dem Weg durch die Nacht, nur ihre Erleichterung war zu spüren und ganz fest hielt sie die ganze Zeit ihre Hand.

Aber jetzt ist Ende. Freddys Geduld ist genug strapaziert. Sie platzt vor Neugier und Ria weiß das, sie hebt schon einen Finger. „Bitte nur das Handy, einmal, ich will ihn anrufen, nur einmal bitte!", bittet Ria und Freddy entspricht ihrem Wunsch. Mit brütend-genervtem Blick reicht sie Ria ihr Handy.

„Er steht hier gar nicht. Worunter hast du Cedrik gespeichert?", fragt Ria. „Unter A wie Arschloch", erklärt die und Ria scrollt wieder zurück durch das Register nach oben. „Ach ne, W wie Wichser", korrigiert Freddy genervt. Ria scrollet wieder nach unten.

„Du musst dich übrigens trennen", spricht Freddy. „Ja, aber nicht heute", antwortet Ria und hält das Handy am Ohr.

Natürlich hat er nicht abgehoben dieser Idiot. Cedrik hebt nur ab, geht nur an das Telefon, wenn er, Cedrik, ans Telefon gehen will. Und sogar darin ist er sich nicht treu. Mit Rückruf funktioniert es ebenso und heute ebenfalls. Auch wenn Ria ihm sehr, sehr, sehr eindringlich auf der Mailbox gebeten hat zurückzurufen. Diesmal, wenigstens dieses eine Mal, könnte er doch tun, was sie sich wünscht. Aber Cedrik, ist Cedrik, ist Cedrik, eine einzige Katastrophe. Es ist immer das Gleiche. Immer sind es ihre Beziehungen. Sie bekommt das einfach nicht hin. Nicht mit den Männern.

Die beiden jungen Frauen sitzen am Küchentisch, Ria und Freddy und jetzt ist sie fällig, die Ria muss erzählen. Es muss und ... ja, sie will, es muss raus, irgendwohin.

Und so wird die kleine, doch arg renovierungsbedürftige Küche für eine Stunde Rias Rückzug. Hier, neben dem alten Nussbaumschrank, der auf einer Europalette abgestellt ist, damit die Höhe stimmt – die Füße fehlen - und dem wild zusammengesammelten Mobiliar, kann sie all das erzählen, was passiert ist und sich die Seele erleichtern. Wie der Fremde eingeliefert worden ist, dass sie das Streichholz gezogen hat, diese verrückte Idee mit dem Naloxon und und und.

Natürlich erfährt Freddy – auch wenn es ihre Freddy ist – auch nur die Freddyversion der Geschichte. Ria erzählt nicht alles. So ein paar Kleinigkeiten lässt sie lieber aus

und weg. Ria hat wahrlich nicht alles richtig gemacht, aber
sehr gut tut es, zu erzählen.

Kapitel IX

„Das muss ich erst einmal verdauen, du bist ja sowas von bescheuert", haucht Freddy und zündet sich die Zigarette an.

Die beiden Frauen haben sich auf die Treppenstufen vor die Haustüre gesetzt. Der Morgen graut. Da ist dieser helle Schleier am Himmel und wird immer heller. Noch liegt die Straße verlassen da. Wo tagsüber Autos fahren und Passanten schlendern über die gepflasterte Straße und Bürgersteig, wartet noch alles auf den Tag. Altstadt noch im Schlaf.

Nur Gegenüber im Kiosk ist schon Licht. Oder es ist anderes Licht, denn es flackert und bewegt sich dort hinter der mit Getränken und Werbung zugestellten Scheibe.

Ria schweigt und antwortet lieber nicht. Sie fühlt sich komplett „bescheuert", da sie sich bescheuert verhalten hat den gestrigen Tag. Auch sie zündet sich eine Zigarette an. Ganz dicht sitzen die Frauen mit angewinkelten Beinen, denn es sind nur zwei Stufen zur Haustüre hinauf. Um diese Uhrzeit wird keiner der Mieter hinein- oder hinauswollen und sie stören mit ihrer Blockade nicht.

„Sie hätten dich mal lieber im Gefängnis belassen sollen, wo du nichts Dummes anstellen kannst", seufzt Freddy und hat ihre langen Beine sehr zu sich herangezogen. Muss sie ja, unbequem wie sie sitzt. Ja, das Kleid ist herabgerutscht, also hinauf bis zur Hüfte, so wie sie sitzt, aber es ist ihr egal. Sie sind ja allein.

„Nicht schimpfen", bittet Ria, denn sie ist erschöpft. Das Letzte, was sie jetzt gebrauchen kann, ist eine Moralpredigt. Das Gestöhne und Geseufze während der Erzählung in der Küche und dieses ewige „ja, bist du denn doof!", hat vollkommen ausgereicht. Ria stützt ihr Kinn auf ihre Knie, denn auch sie sitzt mit angewinkelten Beinen. Sogar ihre dunkelblonden Locken hängen traurig, so müde ist sie jetzt. Der Tag soll vorbeigehen, dabei fängt er doch gerade erst an.

Die Türe des Kioskes öffnet sich auf der anderen Straßenseite. Etwas scheppert leise und dann steht ein kräftig gebauter junger Mann im Rahmen und grüßt mit erhobener Hand die rauchenden Damen.

„Ahhh, mein Tag ist gerettet, zwei Blondinen vor Frühstück, perfekt", ruft er über die Straße mit Akzent. Es ist eine Spur zu laut und es hallt. Halb fünf, die Stadt ist noch nicht erwacht.

„Hamit du Gauner, wir sind nicht blond, wir sind rasiert", ruft Freddy keck zurück. Man kennt sich. „Weiß ich doch, weiß ich doch", kontert er, zeigt mit ausgestrecktem Arm auf die beiden und hebt den Daumen.

„Wollt ihr Ayran? Habe neue Sorte. Super, bist du direkt wach", verkündet er und nein, wollen sie nicht. Sie wollen kein „Direkt-wach-Jogurt", aber ihr „Nicht Wollen" wird nicht helfen, wissen die beiden. Es gibt kein Entkommen. Hamit ist schon wieder abgetaucht in seinem Rümpel-Kiosk, gleich taucht er auf.

„Oh bitte, das nicht auch noch", flüstert Ria und Freddy kichert. „Wie du willst kein Ayran? Neue Sorte – super?", frotzelt sie und Ria verdreht die Augen und wirft ihre Kippe in den Rinnstein.

„Das ist nicht trinkbar, was ist das?", spottet Freddy und verzieht ihr Gesicht. Sie wischt sich über den Mund mit langen Fingern, denn sie fürchtet, dass die Brühe ihr Kinn herunterrinnt.

Auch Rias Kopf taumelt und mit sehr offenen Augen sitzt sie jetzt da. Hamit hatte recht: Dieses Ayran macht wach. Auch ihr ist beinahe schlecht.

Mit drei Jogurtbechern ist er über die Straße zu ihnen flaniert. Da mussten sie, die Freddy und die Ria, denn wenn der „Kiosktürke" Hamit etwas will, dann ist es schwer, sich zu entziehen. Sehr selbstbewusst steht er immer, sehr aufrecht mit seinen Schlabbershirts und scheint immer unrasiert. Da sind diese schwarzen Schatten in seinem Gesicht, starkes, aber freundliches Profil. Immer nett. Er ist der Kleinunterhalter dieses Straßenabschnitts und damit auch über die jungen Frauen. Niemand kann ihm etwas übelnehmen. Immer lustig, immer frisch, immer Komplimente bekommen die Damen, ob sie wollen oder nicht. Ein kleiner Angeber mit Goldkette, der netten Sorte, nicht selten in Muskelshirt und gut trainiert. Türkische Innenstadtmännlichkeit und damit es nicht zu viel und zu stimmig türkisch ist, hält er einen Hund. Der so gar nicht furchteinflößende Hektor aber ist noch nicht erwacht.

„Was denn? Ist Beste, was gibt", hält Hamit dagegen und tut sehr beleidigt. Er ist stolz auf das neue Ayran-Jogurtprodukt. Ganz frisch geliefert.

„Es ist ekelhaft, sorry", empört sich Freddy, hält sich die Nase mit der freien Hand zu, während sie noch einen Schluck aus dem Becher nimmt. Fluchen ist erlaubt, unhöflich sein nicht. Die jungen Frauen sind ja sein Über-die-Straße-hinweg-Gast.

„Es ist Zimt – Koriander – was hast du?", fragt er, ist natürlich längst zu ihnen auf die Straßenseite gewechselt und steht vor den Frauen und spielt mit seinem Schlüssel und gestikuliert.

„Und Vanille, glaub ich", ergänzt Ria. „Genau und Vanille, könnte auch Litschi sein", stimmt er zu. Das muss doch einfach schmecken.

Noch eine Runde Zigaretten wird gegeben. Oben über ihnen zeichnet ein Flugzeug einen Kondensstreifen in den klaren Himmel. Eine Viertelstunde noch und es ist hell.

Hamit beugt sich herab und gibt den Damen Feuer, die lächeln zu ihm herauf. „Was geht? Seid ihr gut Mädchen?", fragt er „Ja, wir sind gut, ja", antworten beide und lächeln zu ihm zurück. Er zieht an seiner Kippe und blinzelt ihnen zu durch den Rauch. Seine Muskeln spannen unter dem doch weiten Shirt.

„Was habt ihr gemacht? Unsinn?", fragt er. „Klar!", stimmt Ria zu und grinst. „Unsinn, ja Unsinn, das habe ich mir gedacht", nickt er.

„Und was für einen Unsinn Ria gemacht hat", frotzelt Freddy und Ria tritt sie mit blankem Fuß. „Halt die Schnauze", faucht sie und gackernd zieht Freddy an ihrer Zigarette.

Natürlich wird ihre Freundin nichts erzählen, kein Wort davon. Das große Wunder ist ja überhaupt, dass die

Polizei alles herunterspielen konnte, dass niemand etwas weiß. Alles war ein Missverständnis und Versehen angeblich. Keine Verhaftung, der Patient von 504 wurde einfach entlassen, wieder gesund und ohne Bedenken. Im Prinzip ist nichts passiert. Offiziell. Ria blinzelt, was für ein Glück im Unglück sie hatte. Wenn jetzt die Presse wüsste ... Ihr fröstelt bei dem Gedanken. Es fühlt sich so „zu schön an", so überstanden. Das ging alles zu glatt, am Ende doch. Noch immer hat sie nicht verstanden, was das den gestrigen Tag war. Was für eine Art Unsinn das war.

Hamit lächelt und trinkt mit großer Geste an seinem Ayran, tut so, als ob es schmecke. „Neuer Tag", spricht er und grinst die Damen an, als wüsste er.

Kapitel X

Als Ria gegen zehn in der Früh in ihrem Bett erwacht, wild und kreuz und quer liegend in eine Decke gedreht, ist sie allein. Schon längst hat sich Freddy aufgemacht. Sie musste zum Job, so kurz die Nacht auch war.

Es dauert drei Sekunden, dann begreift Ria die Lage und ihr Kopf sinkt wieder in ihr Kissen. Der Tag wird nicht gut. Das kann nicht. Da war doch etwas gestern, eine Kleinigkeit ist passiert und sie ahnt: Irgendwo da draußen ist jemand böse auf sie. Irgendwo in diesem Krankenhaus, wo ihr Handy, ihr Geld und ein Teil ihrer Kleidung liegen, hat noch jemand ein Hühnchen mit ihr zu rupfen. Der Personalchef zum Beispiel, oder der Stationsarzt, von dessen Terminal aus sie das CT beauftragt hat. Oder der bescheuerte Radiologe, den sie mit so viel Freude in das Reich der Träume überwiesen hat mit einer Spritze in den Oberarm von hinten. Es sind Rechnungen offen und das als ersten Gedanken des Tages ist deprimierend.

Aber Ria braucht ihre Sachen. Sie konnte sie ja nicht mitnehmen gestern. Wie auch in Handschellen und untergehakt vom SEK?

Also muss sie ins Krankenhaus, auf ihre innere Station, auch wenn sie keinen Dienst hat. Heute wäre frei. So oder so, es gibt kein Entkommen und Rias Laune sinkt, bevor sie überhaupt gestartet ist.

Da ist noch eine Spur, eine Ahnung, ein Rest der Angst des Vortages, all dieser Trubel. Es huscht nur vorbei, berührt sie nicht wirklich und soll es auch nicht. Es soll nicht berühren. So und mit diesen Gedanken will sie nicht beginnen, strampelt die Decke weg, liegt jetzt frei und nackt und ohne alles und – genau wie Freddy in der Haustüre zu Hamit behauptet hat – mit rasiertem Schlitz.

Sie lächelt und genießt dieses Gefühl, auf noch warmer Matratze die Luft frei überall an ihrer Haut zu fühlen. Das ist schön. Als spüre sie den Staub steigen und fallen über ihr, ganz fein und klein und leicht fühlt sich das an. So schlecht ist die Laune nicht, nicht nur. Man muss ja auch das Positive sehen: Die kleine Katastrophe gestern hat belebt. Bei allem Drama, dieses Ziel hat sie erreicht. Also beschließt sie, vor dem ersten Kaffee eine Runde zu masturbieren. Es kostet ja nichts und ist meistens schön und voller Erfolg.

Nicht schön sind dann die Szenen im Krankenhaus zwei Stunden später. Keine Szene ist schön, denn mit ihr wird geschimpft. Wobei, „geschimpft" wäre ein kindlicher Ausdruck und trifft es nicht richtig. Sie wird vom Dienst suspendiert, nachdem man sie drei Mal angeschrien hat. Spätestens der Stationsarzt ... der auf dessen Computerterminal sie ... na egal. Er ist sehr wütend und hat ja recht. Er war so erbost, Ria hatte das Gefühl, ihre Locken würden wehen, so laut war er zu ihr.

So ist sie nach und nach in bescheidener Trance und mit ganz viel Demut in ihren Crocs die Stationen ihrer gestrigen Tat „abgewallfahrtet" und hat sich überall entschuldigt. Eine letzte Geste, bevor sie ihren unfreiwilligen, unbezahlten Urlaub antreten darf. Wie es weitergeht mit ihrer Karriere als Krankenschwester, wird sich zeigen.

Gar kein schlechtes Gewissen konnte Ria bei sich in der Sache Radiologe bemerken. Nein, seine Ahnungslosigkeit war sogar richtig schön anzusehen. Er konnte und kann sich nicht erklären, wie er so schnell zusammensacken konnte und hat – Ria kann es kaum fassen – sie nicht erkannt. Er weiß nicht, dass sie es mit der Spritze war und bringt alles herzlich durcheinander. Das freut, so bleibt ihr dieser Ärger erspart.

Aber jetzt im Schwesternzimmer ist es schwer. Das ist jetzt doof, denn da steht sie und müsste erklären, was zu erklären ist. Zudem hat ihr Personalchef Würzrath, ein kleiner Mann mit Nickelbrille und schlechtem Atem, sie wieder eingeholt, steht hinter ihr und drängt. Sie hat im Krankenhaus nichts mehr zu suchen, drückt er von hinten aus mit seiner Präsenz und vor ihr sieht es nicht viel besser aus. Ihre ehemals-liebe Kollegin Sarah steht hochskeptisch mit Händen in den Taschen und schaut sie an, als habe Ria ein Verbrechen begangen oder schlimmer: einen Verbrecher befreit. So viel Abstand war noch nie mit ihr. Es war doch immer so lieb, besonders mit diesem Team. Auch Paula ist auf Abstand und nähert sich nicht. Sie hat ihre Front mit ein Tray geschützt, hält es sich mit den Armen verschränkt von ihrer Brust und schaut hochnäsig genervt auf sie, die Ria, dieses minderwertige Subjekt. Bei Paula empfindet Ria es aber nicht so schlimm, denn von ihr ist sie das gewöhnt. Paula kann Zicke, aber so richtig! Das weiß jeder.

Nur die liebe Aische scheint auf Rias Seite. Ganz hilflos steht ihre runde Kollegin da mit sehr viel Figur unter knappsitzendem Kittel und schaut Ria ängstlich an. Sie kann es nicht fassen, denn ab jetzt ist Ria nicht mehr da, hat auch sie verstanden. Sie schaukelt mit ihren Händen vor und zurück und blickt sehr unglücklich. Verabschiedung steht an, denn ihre Sachen, Handy,

Trinkflasche, Lieblingstasse, Ladekabel, all das liegt schon traurig in der Tüte an Rias Hand. Würzrath, der Nickelbrillen-Stimmungskiller hinter ihr zieht und zerrt an ihr gefühlt.

„Tschüss dann Leute", spricht Ria und fühlt sich wirklich jämmerlich. „Boah, du bist so bescheuert", faucht Paula passenderweise und spricht genau das aus, was Ria fühlt. Natürlich wissen hier auf Station alle bescheid. Ria war es, sie hat ihn befreit. Ria nickt und schaut lieber hinunter auf den Boden. Das ist sicher, der ist schön grau und tut ihr nichts.

Nur Aische schnellt vor mit flinken Bewegungen und nimmt Ria kurz in den Arm. Einmal drückt sie ganz fest. „Wir sehen uns, wird alles gut", verkündet sie und klingt trauriger als Ria selbst. Ihre roten Wangen – so lieb gemeint – sind das Letzte, was Ria sieht von „ihrer" inneren Station. Sie ist raus. Ria weiß, das war es, sie braucht einen neuen Job. Der ganze dumme Fehler, dieses Gefühl des Abenteuers hat einen hohen Preis.

Und nein, es gibt keinen Händedruck von Würzrath dem Personalchef am Eingang. Er lässt sie einfach stehen und dreht sich um. Die letzten Schritte durch das Portal des Krankenhauses muss sie allein. Fast ein Jahr war es ihre Arbeit, ihr Mittelpunkt, aber Ria versteht. Was sie getan hat, darf eine Krankenschwester nicht. Sie kann ja nicht einfach die Patienten entlassen durch den Hintereingang, besonders nicht, wenn sie angeblich, angeblich Verbrecher sind.

Ein letztes Mal setzt sie sich auf den Sims, vor dem Eingang neben diesen roten Busch und zündet sich eine Zigarette an. Das ist zwar verboten für das Personal, aber jetzt darf sie ja, denn sie ist ja kein Personal mehr.

Genervt und traurig zieht sie ihr Handy aus ihrer Tüte und genau wie vermutet: Sieben Anruf- und Kontaktversuche von Freddy von gestern, null von Cedrik. Null!

Er hat sie weder vermisst noch sich bemüht, noch so getan als ob, geschweige denn auf ihre Bitte reagiert. Typisch. Eingeschnappt wegen irgendwas. Also ruft sie ihn wieder an, aber ... wie erwartet er hebt nicht ab. Ria bläht die Backen auf, was sehr niedlich aussieht. Sie ist genervt. Es ist immer das Gleiche. Ist sie angeschlagen und irgendwie mit dem Leben im Minus, so ist Cedrik noch angeschlagener, noch mieser und noch beleidigter als sie. Aufmerksamkeit um jeden Preis. Ria zählt nie.

Sie schiebt mit dem Daumen über ihr Display und schaut sich dabei zu, wie sie die Fettspur verteilt. Ria ist traurig. Hätte sie Freddy nicht, ... Cedrik ... sie versucht es erneut. Nichts. Er schaltet auf stur, dabei weiß er von Rias Lage noch nichts.

Eine neue Zigarette muss sein und mit der Packung zieht Ria die Visitenkarte der Oberkommissarin aus der Tasche. Die hatte sie ihr nach der Vernehmung im Präsidium zugesteckt. „Sabine Herrlich, Oberkommissarin", liest sie ab. Die war nett. Ria lächelt. Ein wenig verrückt. Ihr Schwarm ist ihre Kommissarin. Ria beißt auf ihre Lippen. Was für ein verrücktes Gefühl das bei der Zeugenbefragung in diesem so sehr hellen Raum mit der Spiegelglasscheibe gewesen war. Ihr Schwarm aus der Nachbarschaft! Sie ist die Kommissarin dieses Falls! Völlig irre ist das alles, wie surreal. Doch dann erschrickt Ria, erinnert wieder die Angst, den Grund, die Ursache, Südamerika, Patient 504. „Kurz vor Hals" biegt ihr Gefühl ab. Dieses Gefühl mit dem Finger am Kinn ..., aber so schlimm wird es nicht. Ria verdrängt einstweilen, tippt und speichert die Nummer der Kommissarin ab und wirft die Visitenkarte in den Papierkorb. Sie bereut es sofort, will sie zurück, – ihr Schwarm – belässt sie aber dann doch bei dem Schmutz in dem Korb. Erstens ist das Kärtchen jetzt geknickt und zweitens ist die Idee „Schwarm" vollkommen bekloppt. Aber schön war das schon, das mit der Hand in Hand im Verhör und dem Trösten und den Tränen mit dieser besonderen Frau. Ria lächelt und schaut über den Parkplatz, schaukelt mit der Wade, spielt mit dem Croc am Fuß und ist zufrieden mit sich. Endlich wird ihr Leben verrückt, was verrückt ist als Gefühl.

Kapitel XI

Das ist jetzt ein wenig riskant und Ria ist sich noch nicht sicher. Sie steht im Treppenhaus vor Cedriks Wohnungstüre und wägt ab. Zwei Mal ist schon das Treppenhauslicht ausgegangen, seit sie hier wartet. Sie hat geklingelt, gerufen und gegen die Türe geklopft. Ja, sogar das Türblatt gestreichelt hat sie und gekratzt. Gebettelt hat sie sowieso. Er ist zuhause, sie hat ihn gehört hinter der Türe, ganz bestimmt.

Aber er reagiert nicht auf sie, tut so, als sei sie Luft und schmollt. Mal wieder wegen irgendetwas.

Das sind diese Momente, da wünscht sie sich einen vernünftigen Menschen als Freund. Einen mit lieben Gefühlen und der sich auf sie freut. Ein verwegener Gedanke ist das. Freddy meint und wiederholt dutzendfach täglich: Er ist ein Narzisst, dazu noch ein dummer, und Ria solle sich trennen. Jedes Mal erwähnt ihre Freundin es, nennt Ria Cedriks Namen. Freddy kann ihn nicht leiden, denn er ist „nicht gut für sie", behauptet sie.

Dummerweise hat Freddy recht, das weiß auch Ria. Sie kann Cedrik ja auch nicht leiden, eigentlich, aber ... sie ist halt Ria und Cedrik ist ... sie kann nicht anders und liebt ihn leider und hasst sich dafür. Es kippt immer hin und her und dann dieser Sex, dieses besondere ewige Spiel, was sie so heiß und innig hasst. Er ist unmöglich mit ihr und sie spielt mit.

Ja, sie lässt es sich bieten. Auch heute. Hier und jetzt wie so oft gehabt dieses Drama vor der Türe und sie leidet und will einfach in seinen Arm, will erklären, was passiert ist, und will getröstet werden und dann knallharten Sex. So, wo sie sich wieder den Kopf stößt irgendworan, er durch ihr Haar wuschelt danach, ihr zuzwinkert aus seinen verschlagenen Augen. Und dann ein kleiner Neuanfang. Immer wieder und immer wieder neu, das gleiche, schöne Spiel.

Geht nur alles nicht, er öffnet nicht, denn es erfordert dieses Drama als Vorspiel. Er spielt das „Wehe du brichst ein" Spiel heute. Jedes Mal rastet er aus, wenn sie seinen Schlüssel nimmt und dann angeblich unerlaubt seine Wohnung betritt. Sie wird angeschrien, es wird getobt und gezetert, und hier und da eine Ohrfeige – voll schön - und dann geht es los und sie steht ohne Sachen. Wunderbar. Und trotzdem und genau deshalb deponiert er immer wieder den Schlüssel an die eine Stelle, damit sie neu mit ihm spielen kann und es wieder so schöne Ohrfeigen gibt.

Und das Betteln vor der Türe gehört dazu. „Bitte Cedrik, bitte heute nicht, ich bin müde", versucht sie es noch einmal und klopft leise gegen die Wohnungstüre, ja, schabt sogar am Holz, denn ihr ist nicht danach. Heute nicht. Sie mag das Spiel nicht, belügt sie sich. Das wahre Wunder ist: Noch nie hat sich ein anderer Mieter beschwert. Auch jetzt liegt das Treppenhaus still.

Nichts. Keine Reaktion hintere der Türe, aber sie kann das Radio hören. Er hat den Sender gewechselt, vermutet sie. So schickt er ihr kleine Signale, dass sie „einbrechen" soll und wehe wenn.

Also dann, sie will ja zu ihm, sie muss ja und traurig öffnet Ria den Sicherungskasten auf dem Treppenabsatz und tastet oben hinten unter den kleinen Sims und zieht den Schlüssel hervor.

„Cedrik, bitte, es ist ein Notfall", ruft sie und hat die Schwelle vorsichtshalber nicht überschritten. Das Türblatt ist aufgeschwungen. Vielleicht gilt das ja noch nicht als „verboten eingedrungen", vielleicht geht es ohne Drama diesmal in diesem „Notfall", wenn sie im Treppenhaus stehen bleibt, die Fußspitzen vor der Schwelle.

Nichts. Das Radio dudelt aus der Küche, sein Flur liegt wie immer überklinisch aufgeräumt – schwarze Tapete, weiße Möbel, Stift, Zettel auf der sterilen Anrichte im rechten Winkel. Schwarze Zettel, denn ihr Oberbekloppter – gemeint ist Cedrik – schreibt am liebsten auf schwarzem Papier mit weißem Stift. Sein Spleen mit Schwarz und Weiß und immer anders als andere sein. Ja, Ria steht vor Schwelle und ärgert sich, dass sie gekommen ist, aber sie baucht den Oberbekloppten jetzt und er geht nichts ans Handy. Was soll sie denn machen?

Das Radio dudelt und Ria schiebt Haar aus ihrem Gesicht. Sie runzelt die Stirn, denn irgendetwas stimmt nicht. Er müsste jetzt ... es ist ungewöhnlich ... Er müsste so langsam aus der Reserve kommen, etwas rufen oder einen Gegenstand in den Flur werfen. Auch schon vorgekommen, dabei ist es total albern.

Aber nichts

Als Ria über die Schwelle tritt, weiß sie, was anders ist: Es ist der Geruch. Es ist merkwürdig chemisch, nicht viel aber wenig. Das ist fremd und unbekannt. Es riecht nach einem unbekannten Reinigungsmittel.

„Cedrik, ich bin in der Wohnung, mach kein Scheiß jetzt, was ist los?", spricht sie in echter Sorge und die Wohnungstüre fällt hinter ihr zu. Ihr Puls steigt, es liegt etwas in der Luft. Es ist, als schwebe etwas und langsamer werden ihre Bewegungen. Sie wechselt die Tüte mit ihren Sachen von der einen in die andere Hand.

Links liegt Küche. Wie immer ist sie aufgeräumt bis ins Detail; ja, die Oberflächen glitzern sogar, und da ist das Radio, das dudelt. Der Sender der Stadt. Die Küche aber ist leer.

Ria fährt herum, aber nichts, da ist niemand hinter ihr. Es war so ein Gefühl, doch sie ist allein. „Cedrik?", ruft sie, denn genau das ist es: Ihr ist, als sei sie allein. Als sei er nicht da und Chemie liegt in der Luft. Das kann natürlich sein, das wäre denkbar, das würde es erklären. Er hat das Radio angelassen. Das wäre natürlich doof. Sie dachte, er spiele mit ihr und ist einfach nur nicht zuhause.

Aber auch das passt nicht.

Dann versteht sie und versteht es nicht: Cedrik, der junge, schöne, starke Cedrik hängt vor dem Heizkörper halb auf dem Boden schlaff, die Arme gebreitet mit Kabelbinder an die schweren Rippen aus Guss befestigt.

Zunächst hatte Ria ihn gar nicht gesehen, denn das Inferno ist so groß. Alles im Arbeitszimmer ist weiß und eingestaubt, vollgespritzt mit Pulver und bevor Ria die Szene verstanden hatte, sah sie die beiden Feuerlöscher auf dem Boden liegen.

Erst dann, ihr Blick war der Fußleiste gefolgt, fiel ihr Blick auf Cedrik. Verrenkt mit schiefem Hemd hängt er weiß und „eingeschneit" unwirklich in den Kabelbindern. Sein Kopf ist merkwürdig abgewinkelt, wie es Lebenden nicht möglich ist. Ein Tropfen Blut nur ist an seiner Stirn in dem weiß gepuderten Gesicht. Das Loch ist nicht groß. Sein Haar ist wie alles eingestaubt und ein wenig wirkt es wie Maskerade eines Clowns. Bizarr mischt sich auf der Brust im Hemd das Blut im Weiß des Pulvers zu rosa Schnee, Rosapuder. Links der Schreibtisch, noch immer tadellos aufgeräumt, wie unberührt, doch eingeschneit.

Der Papierkorb ist weggetreten, liegt in der falschen Ecke des Zimmers auf der Seite.

Ria steht ein paar Sekunden, betrachtet dieses surreale Bild. Eine exzentrische Szene, eine Installation, ein Gruselbild: „Hingerichteter im Schnee". Es hätte noch etwas aus ihm werden können, jung und hoffnungsvoll und stark, doch er hat sich mit den Falschen angelegt und die haben Pistolen und Feuerlöscher mitgebracht.

Genau so sieht es aus und genau so nimmt Ria es auf.

Sie macht zwei Schritte zurück, ja zieht den Besucherstuhl des Büros sogar zu sich heran und setzt sich. Vier Meter trennt sie von ihrem Cedrik. Sie hat verstanden. Er ist tot. Er ist nicht mehr. Ende des Spiels – für immer. Tief atmet sie ein und wieder aus, bemüht sich erfolgreich nicht in Panik zu verfallen.

Dann zieht sie ihr Handy aus der Tüte, sucht im Register, macht von Cedrik ein Foto und schickt es ab.

Kapitel XII

„Das war ich nicht", spricht Ria leise. „Natürlich nicht", antwortet die Oberkommissarin, hat eine Hand auf Rias Hand gelegt. Sie hat sich neben Ria gehockt, die noch immer in dem Sessel im eingepuderten Zimmer sitzt, Plusminus unbewegt.

„Sie wollte einfach nicht gehen", spricht ein bärtiger Mann von der Spurensicherung und weist mit dem Kinn auf Ria. Eine Tatverdächtige am Tatort! Er weiß nicht, ob das richtig ist. Eingehüllt ist er am ganzen Körper mit einem weißen Staubschutzanzug.

„Ist schon okay", nickt die Oberkommissarin und der Spurensicherer nimmt seine Arbeit auf.

Ria schaut geradeaus, schaut auf Cedrik, den nun so toten Clown. Eine Grimasse huscht über ihr Gesicht, zuckt spastisch.

„Und jetzt? Was ist das denn? Wie gehe ich denn damit um?", fragt sie tonlos und ihr Blick springt über das Gesicht der Oberkommissarin, als ob dort eine Antwort zu finden wäre. Die antwortet nicht, schaut auf diese nun sehr blasse junge Frau, die erschöpft in dem Besuchersessel sitzt.

Zwanzig Minuten hatte das Kommando der Polizei gebraucht, dann waren sie da und drin im Cedrik-Clown-

Schnee-Inferno. Ja, sie hatten sogar die Haustüre öffnen müssen mit Gewalt, denn Ria war nicht aufgestanden, war wie gelähmt auf dem Stuhl sitzen geblieben, hatte abgewartet, bis sie stürmen und Raum und Wohnung füllen mit Betriebsamkeit. Streifenpolizisten, jede Menge waren es, mit der Oberkommissarin in roter Lederjacke im Schlepp.

„Wie konnte das denn passieren?", haucht Ria und hebt ihre Hand in Richtung Cedrik, über den sich jetzt einer der Spurensicherer beugt.

„Es tut mir leid", antwortet die Oberkommissarin warm und schluckt hart. Da am Heizkörper hängt Rias Freund übertot und sie hat einen Schock. Wieder treffen sich ihre Blicke.

Ja, leid tut es Ria auch. Noch kann sie es nicht empfinden. „Es tut mir bestimmt auch leid, bestimmt, irgendwann, wenn ich wieder fühlen kann", wabert als Gedanke in ihr.

„Sie stehen unter Schock", stellt die Oberkommissarin fest mit warmen Worten und Ria stimmt dem Offensichtlichen zu mit feinen Bewegungen ihres Kopfes. „Ja, bestimmt. Ich bekomme langsam Übung darin", antwortet sie sie abwesend.

„Aber jetzt mal im Ernst, wie geht man denn damit um? Mit sowas hier?", fragt Ria nach und greifbar ist ihre Fassungslosigkeit. Es ist ein leises „außer sich", eines, das die Stimme nicht hebt.

„So als Ermittlerin, oder was immer sie auch sind, so als Polizei? Wie macht man das, mit der Mafia und dem allen, wo tut man das hin, wenn dein Freund tot an der Heizung hängt? Er hat nichts getan. Gar nichts! Was ist das?", fragt Ria nach. Sie weist auf die Szene am Heizkörper mit der

Hand, da Sabine nicht antwortet. Noch immer hockt sie neben ihr, belässt ihre Hand auf Rias Hand gelegt.

„Wir sind in einem Krieg. Wir sind in einem Krieg gegen sie und das sind die Opfer", spricht die Oberkommissarin und schaut Ria nicht an, schaut zu der Szene im unwirklich-synthetischen Schnee. Der Gerichtsmediziner ist eingetroffen, hat Sabine zugenickt.

„Aber er hat doch gar nichts ... Cedrik hat doch gar nichts damit zu tun ...", haucht Ria, doch die Kommissarin muss nicht antworten, denn Ria hat verstanden. Treffen kann es jeden. Das ist Krieg und er war Zivilist.

„Okay", nickt Ria und hebt zitternd eine Hand an ihre Lippen. Sie beginnt zu verstehen. Die Szene kommt an und sie begreift. Wie eine Faust trifft sie die Schuld. Zäh nur zieht sie die Luft in ihre Lunge.

„Das wollte ich nicht, oh mein Gott, das wollte ich nicht", haucht sie und schützt mit ihren schlanken Fingern ihren Mund. Die Oberkommissarin schaut zu ihr. „Oh Gott, was für ein Fehler! Ich habe einen Fehler gemacht", haucht Ria hinter ihrer Hand.

Ja, sie hat den Fehler gemacht! Mit weiten Augen sitzt sie da, denn jetzt wird es ihr klar. Sie war es! Sie hatte diesem Mann in dem Krankenzimmer 504 gebeten, diesem ... dieser Schlange ... sie hatte nach dem Lohn für die in Aussicht gestellte Flucht gefragt und Geld ausgeschlagen ... hatte die Idee, Cedrik eine Abreibung zu verpassen, dem spleenigen Narzissten. Sie hatte ... sie hat es in Auftrag gegeben ... Es ist ihre Idee, wankt als Gedanke in ihr. Es ist nur eine Vermutung, nicht formuliert, nicht stimmig und privat, aber sie erinnert sich und mächtig und übergroß steht es vor ihr. Diese Unterhaltung mit dem schweigenden Patienten am Krankenbett.

Vor ihrem Augen - in der Realität - beugt sich der Gerichtsmediziner über Cedrik, tut irgendetwas, was Ria nicht erkennen kann. Wie ein Film läuft es ab.

„Ich habe ihn umgebracht", haucht sie. „Unsinn", korrigiert die Polizistin neben ihr, als sei es ihre Aufgabe, Geständnisse zu relativieren. Sie drückt Rias Hand.

Die Blicke der beiden Frauen treffen sich und die Oberkommissarin bemüht sich um ein Lächeln, ein zarter Versuch, schiebt einmal dunkles Haar aus ihrem Gesicht. Rias Blick ist starr vor Schreck.

Daher drückt Sabine stark ihre Hand. „Das ist Quatsch, sie haben versucht, ihn zu schützen und alles getan, wie verlangt", widerspricht sie.

Ria ist verwirrt. Es hält Sekunden vor, doch dann wird ihr klar: Natürlich! Die Kommissarin weiß nichts von ihrem geäußerten Wunsch. Sie weiß nicht, was Ria mit dem Patienten 504 besprochen hat. Sie blinzelt und versucht zu verstehen. Alles ist so viel und so sehr, die Gedanken, die Eindrücke, die Gefühle, alles rast und ist durcheinander. Ihre Ideen überschlagen sich gegenseitig. Und dazu: Surreal hockt die Oberkommissarin neben ihr. Surreal der künstliche Feuerlöscher-Schnee. Surreal die Männer in den Ganzkörperanzügen. Cedriks Arbeitszimmer ... all diese Menschen in Schutzanzügen ... Ria kommt gar nicht mehr mit, kann der Lage kaum folgen.

„Warum haben sie uns nicht einen klitzekleinen Hinweis gegeben, dass ihr Freund bedroht wird, dass sie erpresst werden? Irgendwas? Eine Andeutung?", fragt die Oberkommissarin, weiß aber die Antwort bereits.

Rias Verstand kämpft, drängt und presst das Gehörte in Form. „Ja, genau, so könnte es ... so war es! Ich wurde erpresst den Patienten 504 zu befreien, und dann haben sie Cedrik umgebracht ...", montiert sie heimlich den

Gedanken. Mühsam rekonstruiert sie die Ideen der Oberkommissarin, bewegt sogar die Lippen dazu, spricht es aber nicht aus.

Sie wiederholt den Gedanken, denn er ist so neu. Sie wurde erpresst! So war es zwar nicht, aber der Gedanke ist gut. Es ist perfekt! So ist es gedacht. Das ist ein Plan, das muss einer sein! Wieder blinzelt sie und da ist eine Ahnung. Genau so hat es Patient 504 inszeniert, nachträglich. Er hat das hier, das mit Cedrik in Auftrag gegeben. Die Krankenschwester wurde erpresst und dann – kollateral – ihr Freund umgebracht. War ja eh ein Narzisst, über den sie sich beschwert. Lage geklärt, ausgeführt und Rechnung genau wie am Krankenbett verabredet beglichen. Ria schluckt und hat verstanden. Sie hatten einen Deal und sie hat es nicht ernst genommen. Gemein sticht die Schuld in ihrem Magen.

„Heute Morgen, gegen acht, neun Uhr schätze ich. Später genauer", spricht der Gerichtsmediziner und unterbricht Rias Gedankengänge. Die Oberkommissarin nickt.

„Aber er war eine Weile hier festgehalten und hat in den Kabelbindern gehangen", erklärt er und zeigt auf Cedriks Armgelenke, wo unter weißem Staub die Haut geschnitten und gerissen ist von den gemeinen Plastiklitzen.

Ria gruselt es. Trotz allem hat sie mitgehört. Die Worte des Pathologen dringen an ihr Ohr. Gegen neun hat sie geschlafen, mit oder neben Freddy im Bett. Und Cedrik wurde ... sie schließt die Augen, will nicht weiter denken, was mit Cedrik war.

Die Oberkommissarin nickt dankbar für die Information. Ein paar Sekunden Stille ist und Ria hat den Gedanken an neun Uhr verdrängt. Sie hat die Idee gefestigt. Ja, sie wurde erpresst. Genau so war es. So ist es gewesen. Die Oberkommissarin hat recht. Das wäre ein Weg. Sie ist doch nicht schuld an Cedriks Tod, oder doch, denkt sie, wankt sie und ihr Herz krampft sich zusammen, denn doch: Sie! Sie hat diesen Fehler gemacht. Sie wollte kein Geld, sondern das, so dahergesagt. Sie hat Cedrik mit einer privaten Beschwerde umgebracht, denkt sie, weiß aber auch, dass das nicht stimmt und nur Schock-Gedenke ist.

In der Summe ist alles zu viel. Ria weiß, dass sie überfordert ist, dass das kein Wunder ist, dass sie unsauber denkt.

Die Oberkommissarin ruckelt an Rias Hand. „Wir müssen hier weg. Kommen sie mit ins Präsidium, da sprechen wir das alles durch", schlägt die Oberkommissarin vor und bringt ein schmales Lächeln zustande.

„Wieso ist das alles weiß? Wieso haben die das alles so vollgesprüht?", fragt Ria. Diese Frage hat sie beschäftigt, minutenlang, bevor die Polizei eintraf.

„So machen sie das. Sie stäuben alles mit Feuerlöschpulver ein. Das verwischt die Spuren. Das Zeug ätzt alles weg", erklärt die Oberkommissarin und etwas in Ria zuckt. Da war es wieder, dieses Wort und entsetzt schaut Ria sie an.

„Die können doch nicht einfach ... die können doch nicht alles ... Cedrik ... die können doch nicht einfach Menschen löschen", haucht Ria entsetzt. „Löschen!" – das war das Wort. Das Erlebte kommt an. Die Oberkommissarin nickt, tätschelt Rias Hand und schweigt. Sie weiß es besser, denn: Doch, sie können.

Sie will aufstehen, doch Ria hält ihre Hand ganz fest und sie damit zurück. „Ich meine, das ist jetzt Cedrik. Cedrik war ein Arsch, aber was ist, wenn es einmal einen Netten trifft?", spricht Ria und Tränen stehen in ihren Augen.

Unverständig schaut die Oberkommissarin sie an. Es klingt so verrückt. Der Schock!

„Ich meine nur so. Kann ja auch mal einen wirklich netten treffen in eurem bescheuerten Krieg, so eine ganz liebe Person und nicht so ein Vollarsch", wimmert sie und zuckt vor Trauer, Abwehr, Spott, Sarkasmus. Ria ist am Ende und Sabine versteht. Der Schock weicht auf, die Emotion kommt an. Ria weint, flennt auf der Stelle, sitzt im Stuhl gequält und die Tränen fließen. Ihr Cedrik ist tot! Bitterlich, bitterlich, bitterlich wimmert sie und die Oberkommissarin hält ihre Hand. Ria greift nach der Schulter der Oberkommissarin und kippt ihren Kopf, hält ihn gegen das Leder und flennt weiter und kann es nicht halten.

„Was für eine Scheiße! Cedrik! Cedrik, Cedrik!", wimmert sie, denn er war gar kein Arsch, er war ... er war ... wabert in ihr und das Gemeine ist die Vergangenheitsform. Die Oberkommissarin fletscht die Zähne, hält es zurück mit aller Kraft, denn Rias Weinen steckt an.

Kapitel XIII

Natürlich wird Ria vollumfänglich rehabilitiert, keine Frage. Sie wurde erpresst. Ihr Freund wurde gefangengehalten und deshalb hat sie den Gangster befreit. Das ist natürlich etwas ganz anderes! Sie ist Opfer, nicht Täter! Das ist entsetzlich und schlimm und natürlich wird alles wieder rückgängig gemacht und Ria bleibt Krankenschwester der inneren Station.

Alle sind erschrocken ob dessen, was Ria erfahren musste, besonders die schnippische Paula zeigt sich schockiert und Aische sowieso. Sogar der Würzrath, der Personalchef, mit seiner gerne so formalen Art schaute entsetzt durch seine Brille und wusste nicht wie. Ja, er zeigte sich sehr bemüht, machte es unkompliziert, ja, hat sogar den Stuhl für Ria untergeschoben, als sie sich setzen wollte im Büro. Alles in Achtung Rias persönlichen Verlustes. All diese Katastrophe und Not und Gefahr im Dienste des Krankenhauses und im Dienst!

Ein grausames Opfer musste Ria da bringen, erkannte er an und sie wurde einstweilen freigestellt vom Dienst. Schon wieder, nur aus anderen Gründen diesmal, damit sie sich regenerieren kann.

Doch das ist nur das Formale. Die ganzen Abläufe und die auf das Auffinden von Cedrik folgenden Tage standen auf dem Kopf. Im Nachhinein, drei Monate später, kommt Ria alles vor wie ein Film. Sie war nicht da, nur dabei. So ist es in ihrer Erinnerung.

Die „Verhöre" auf dem Polizeipräsidium waren keine. Es waren freundliche Gespräche. Auch die Herren Polizisten in den Anzügen mit Schlipsen waren nun ganz anders gewesen zu Ria, haben sich von einer ganz anderen Seite gezeigt. Ja, sie waren erschüttert.

So ein Mord mit Feuerlöschereinsatz ist auch in ihrer Welt nicht normal. Besonders Bob – so hatte sich der älteste, der leitende Ermittler endlich Ria vorgestellt – hat seine weiche Seite gezeigt. Der Trayzertrümmerer, der so wütend im Schwesternzimmer getobt hatte, so grimmig zu ihr in der Folge und im Verhör, war getroffen. Ihm stand das Entsetzen im Gesicht. Ria hatte ihren Freund aufgefunden in denkbar schlechtem Set. Der Leiter der Ermittlungsgruppe hatte nicht nur Verständnis, nein, es war mehr, er bedauerte sehr. Er bedauerte wirklich und tat sich schwer und entschuldigte sich mit betont freundlicher Art. Er war völlig falsch mit ihr umgegangen. Sie war Opfer, nicht Täter. Und so wurde es auch durchgesprochen. Nicht einmal, nicht eine Sekunde lag ein Verdacht auf ihr. Nichts davon! Wie auch?

Ria hat erklärt, wie es abgelaufen war. Frei erfunden hat sie die Idee, dass jemand an sie herangetreten sei mit Foto von Cedrik am Heizkörper gebunden. Da musste sie den Gangster 504 befreien. Sie hatte keine Wahl. Die Mafia ist brutal.

Während sie da so saß, hin- und hergerissen zwischen Trauer, Entsetzen und Polizeibetrieb, gab es diesen besonderen Moment. Es war ein Gedanke und Ria erschrak: Sie erschrak ob der Präzision, der

Geschwindigkeit. Diese Mafia, dieses Kartell, dieser Patient 504 hatte innerhalb von Stunden den Mord an Cedrik inszeniert, perfekt choreographiert und schon sieht es im Nachhinein glaubhaft so aus, als habe Ria in Not und Angst gehandelt. „Was für eine perfekte Inszenierung!", ist sie erschrocken. Ja, für sie ist es gut und nützlich, aber welch eine Macht. Und welch eine Rücksichtslosigkeit. Cedrik ist tot! So wirklich, einfach so gelöscht.

Das können sie, nur um aus ihr, der Täterin, ein Opfer zu machen. Einfach so wie nebenbei. Es bedarf nur drei Schüsse mit Schalldämpfer, einen in den Kopf, zwei ins Herz – Kartell-like – und des Einsatzes zweier Feuerlöscher. Ja, Ria hat den Verdacht, sogar die unbekannten Killer haben sich absichtlich von der Nachbarschaft „sehen lassen", damit sie nicht mehr ganz so unbekannt waren. Als Hausmeister getarnte Personen mit Feuerlöscher waren beobachtet worden im Haus.

Ria weiß, es war perfekt improvisiert von Patient 504 und die Idee ist von ihr. Sie hatte Cedrik ins Spiel gebracht und ein bisschen hat sie ... aber diesen Gedanken will sie nicht denken. Der bringt nichts, nur schlechtes Gewissen.

Aber diese Perfektion macht ihr Angst. Es ist diese Hochachtung, vor dem, was diese unbekannten Verbrecher können. Aus dem Nichts. Auch wenn es für Ria sehr nützlich ist.

Sie bekommt ihr Leben zurück, als sei nichts passiert. Nur Cedrik fehlt.

Aber fehlt er?

Ja. Die Beerdigung war brutal gewesen. Ria hat sie in der Trance durchlebt. Wie betäubt war sie, stehend K.O gefühllos.

Betäubt wie die anderen auch. Ein so junger Mann brutal aus der Welt gerissen. Unfassbar, schwer zu begreifen für alle Angehörigen, egal ob nah oder fern. Nur war die Betäubung Rias eine andere: Ihre Betäubung war die der Schuld.

Voll und ungebremst drückte der Gedanke auf sie: Sie! Sie war es! Sie hat Cedrik ans Messer geliefert, dem Kartell mit ihrer Idee einer Abreibung vor die Füße geworfen. So sehr wie betäubt war sie gewesen da auf dem Friedhof in der Sonne und auch den Tag schon davor, dass sie im weißen Blümchenkleid auf der Beerdigung erschien. Absolut durcheinander, erpresst und zerdrückt in Schuld, die sie niemandem erklären konnte, weil sie es nicht erklären darf. Niemandem! Das ist geheim, das ist nur für sie und ... das Kartell. Davon weiß nur sie und Patient 504.

Nur mit sich allein und verwirrt hatte sie die Farben verwechselt. Vor dem Kleiderschrank hatte sie weiß für „unschuldig" gewählt, statt das gebotene Schwarz.

Es wurde ihr verziehen. Wer bitte, nach Cedrik, war mehr Opfer als sie? Ria durfte verwirrt sein.

Diese Blicke der Angehörigen, diese bizarre Szene der Kondolenz. Sie am Grab im Blümchenkleid stehend neben Cedriks Eltern und händeschüttelnd in der Reihe. Immer weiter Hände und Hände und da in der Sonne, da ist es passiert: In voller Betäubung, in Gedanken schwebend, hat sie die Schuld akzeptiert. Ja, ein bisschen hat sie Schuld. Ein Viertel, hat sie als ihren Teil akzeptiert. „Ja, ein Viertel habe ich mitabgedrückt, mit Pulver versprüht, Cedrik mit an den Heizkörper gebunden", sagt sie sich. Es war mehr Beschluss als Gedanke. Ein Deal mit sich selbst, damit Ruhe ist im Gewissen, beschlossen zwischen Händedruck und Händedruck vor Cedriks Grab.

Erstaunlicherweise macht dieser Gedanke es leicht. Sie ist ein Viertel schuldig und niemand weiß davon, fertig.

Heute, drei Monate später, wenn sie mit Freddy im Arm Haut an Haut im Bett liegt, wach, da sie nicht schlafen kann, dann, wenn ihre Freundin da so noch nach Liebe duftet neben ihr, dann denkt sie daran. Sie denkt an Cedrik und ist frei.

Es hat etwas gedauert, bis sie verstanden hat. Cedrik ist nicht mehr und ... so schlecht ist das nicht. Cedrik war eine Last. Cedrik war in ihrem Leben und Narzisst und Pedant und launisch und ... lästig.

Seit er nicht mehr ist, ist sie freier. Viel einfacher ist alles. Natürlich spricht sie es nicht aus. Zu niemandem! Der Gedanke ist so verboten! Cedrik ist tot und sie ist schuldig, mitschuldig, aber ... eigentlich, ganz eigentlich ist es besser so, denn Freddy hatte Recht die ganze Zeit: Cedrik war scheiße.

Da liegt Ria dann und hat sehr wenig krankenschwesterliche Gedanken. Ja, sie lächelt und hat eine Ahnung, wie einfach es manche Mörder haben mit ihrer Schuld. Wider Erwarten ist es ganz leicht. Es ist gar nicht schlimm. Es ist ein betörend leichtes Gefühl eines souverän gelösten Problems.

Was Ria da wie nebenbei am Krankenbett als Deal ausgehandelt hat mit dem Patienten aus Südamerika, hat wunderbar funktioniert: Cedrik hat eine Abreibung bekommen und belastet ihr Leben nicht mehr. Gut, es ist etwas heftig ausgefallen, aber das Problem Cedrik ist gelöst.

Es war sehr effektiv. Da liegt Ria dann in ihren dunkelblonden Locken neben Freddy und lächelt, denn sie ahnt von dieser Macht. Die Macht des Leben-Nehmens. Sie hat davon gekostet, ein wenig. Ein Viertel gesteht sie sich zu.

Ansonsten geht es in ihrem Leben bergauf. Alles ist gut und mit Freddy, der lieben Freddy ist es viel schöner, viel enger und intimer. Cedriks Tod sei Dank.

Und an das Kartell, dass Ria so nah am Tod war, der Gefahr, dem Finger am Kinn, so nahe dem Grauen, dieser rücksichtlosen Bande, die Idee verblasst von Tag zu Tag. Es spielt keine Rolle mehr; die Sache Patient 504 ist vorbei. Sie hat es überstanden.

Ria ist unbeschwert und denkt kaum mehr daran. Bis der Anruf ihrer Mutter kommt und die begeistert berichtet, dass sie eine Reise auf die Seychellen gewonnen hat.

Kapitel XIV

„Oh, sie sind doch ...“ – ja sie ist es. Die Oberkommissarin hat Freddy richtig erkannt, dabei hat sie Rias Freundin nur zweimal getroffen und das während sehr schwieriger Mission und nur kurz.

Sabine Herrlich wollte nur einkaufen gehen, schnell einmal in den Supermarkt springen auf dem Weg zum Dienst und zwischen den Regalen der Konserven und Teigwaren, hat sie die blonde, hochgewachsene Person erkannt. Freddy lief da herum giraffengleich mit einem Einkaufskorb an der Hand. Es war nicht schwierig, sich zu erinnern, auch nach drei Monaten nicht. Welche junge Frau ist schon so groß? Das fällt auf und das erinnert man.

„Oh, ja, ja genau“, haucht Freddy, nickt und lächelt. Natürlich hat auch Freddy ihrerseits die Oberkommissarin erkannt. Eine Oberkommissarin vergisst man nicht. Besonders nicht, wenn Mord und Totschlag um einen herum sind und alle aufgeregt und in Not. So war das ja in diesen Tagen mit Ria und Cedrik und all diesem Chaos.

„Wohnen sie hier?“, will die Oberkommissarin wissen. „Nein, nein, also doch, also ich kaufe für mich und Ria ein“, erklärt Freddy etwas fahrig. Sie war in Gedanken gewesen und ist von der unvermuteten Begegnung überrollt.

„Ach, so ah ja, aber sie wohnen hier irgendwo, nicht wahr? Ria hat das erzählt, eine Straße weiter oder so?", fragt Freddy zurück und die Oberkommissarin nickt.

Und dann stehen sie da über Sekunden und wissen beide nicht, wie sie das Gespräch fortsetzen können. Die Oberkommissarin massiert ihren Nacken, Freddy wechselt den Einkaufskorb von der einen in die andere Hand.

Beide lächeln einander an, zucken mit den Schultern. Was spricht man miteinander, wenn man sich aus Kriminalfällen kennt und zufällig im Supermarkt um die Ecke aufeinandertrifft? Dafür gibt es keine Vorlage, keinen Standardtext.

„Wie geht es denn Frau Bischop?", löst Sabine die Situation auf, bevor es peinlich wird.

„Och, ganz gut, ganz gut eigentlich. Sie hat sich ... na, sie hat sich ganz gut erholt", beeilt sich Freddy und fährt mit den Fingern durch ihr dunkelblondes Haar. Aufmerksam, ja überaufmerksam hört die Oberkommissarin zu, denn das ist kein Smalltalk. Das ist plötzlich beruflich. Sehr sogar, sie lauscht jedem Wort.

Freddy bläht die Backen auf, was ein wenig lustig aussieht und steht mit gekreuzten Beinen unter ihrem Sommerkleid.

„Ich meine, ... ich habe Cedrik nie gemocht. Er war nicht gut für Ria, also das ...", haucht sie und atmet tief ein und aus. Die Oberkommissarin versteht. Auch Freddy ist, wenn auch am Rande, an diesem Schrecklichen beteiligt und wahrscheinlich hat sie niemanden, mit dem sie dies besprechen kann. Dementsprechend unglücklich schaut Freddy die Oberkommissarin an.

„Ja, das glaube ich", stimmt sie zu und lächelt zu der jungen Frau. Die holt tief Luft. „Ich habe ihm echt immer die Pest an den Hals gewünscht, und dann tritt die ein! Das ist wirklich ... na, das fühlt sich nicht gut an", erklärt sie, schiebt einen Fuß über den Steinfußboden, presst die Lippen aufeinander und schaut nicht zu ihrer Gesprächspartnerin auf.

„Es ist einfach ekelhaft, aber ihre Gedanken und sein Tod haben nichts miteinander zu tun", spricht die Oberkommissarin die Selbstverständlichkeit aus.

Freddy nickt. „Ja, ich glaube ... na also wir sprechen nicht drüber, sie will das irgendwie nicht, aber sie hat das ... also nach ein paar Tagen hatte sie das mit Cedrik klar und fertig und erledigt, keine Ahnung, wie sie das macht und ich meine, sie hat ihn ja sogar gefunden! Aber irgendwie ist das kein Thema mehr", spricht Freddy und wirkt gar ein wenig verzweifelt. Sie versteht ihre Freundin in dieser Sache nicht.

„Alle gehen anders damit um", erklärt die Oberkommissarin und spricht aus Kriminalistenerfahrung.

„Aber sie sieht natürlich immer noch überall Gespenster, genau wie sie mich gewarnt haben", meldet Freddy und lächelt jetzt freier. Die Oberkommissarin hebt die Augenbrauen. „Noch immer? Was denn?", fragt sie freundlich.

„Na, ach ... also es ist nicht ständig Thema, aber ... am Anfang glaubte sie belauscht zu werden. Sie war richtig panisch und voll unter Schock. Sie meinte abgehört zu werden von dieser ... diesem Kartell, oder was das ist. Sogar in der Wohnung und am Handy und so. Und ... es war wie im Film und ständig hat sie sich herumgedreht und ganz viel geflüstert. Sie hatten mich ja gewarnt, Gott sei Dank, ging das weg. Ich dachte schon, sie müsste in die Klapse", erzählt sie und gluckst dazu, auch wenn die Freude ihre Augen nicht erreicht.

Die Oberkommissarin nickt mit gepressten Lippen. „Na, aber jetzt, noch immer so überall, also auf der Straße, wenn sie da jemanden sieht, der vielleicht irgendwie südamerikanisch aussieht oder so ... da ... na, wie soll ich das erklären ...?", spricht Freddy und sucht nach den geeigneten Begriffen.

„Man merkt ihr an, dass sie Angst hat?", fragt Sabine und Freddy nickt sehr schnell, schaut sich sogar dabei um, als sei auch sie unter Beobachtung. Könnte ja sein oder nicht? Sie hält den Unterarm der linken, jetzt mit der rechten Hand umfasst. „Ja, so ähnlich, es hat ihr ... tja ...", endet Freddy nicht und die Oberkommissarin ergänzt. „Es erschüttert. Diese Gewalt erschüttert", spricht sie und beide Frauen nicken und schauen einander an.

„Kann das denn sein? Kann das denn sein, dass die uns beobachten? Nach drei Monaten? Machen die so etwas?", fragt Freddy endlich die Frage, die sie die ganze Zeit stellen will, warum sie hier überhaupt noch steht mit diesem dämlichen Einkaufskorb an der Hand.

Sabine zögert mit der Antwort. Das ist heikel. Das wäre Ermittlungsarbeit, Informationen daraus, Erfahrungen mit organisierter Kriminalität, Interna. Davon darf die Oberkommissarin nicht berichten und deshalb steht sie und schweigt und ... fletscht die Zähne. Sie würde so gerne helfen. Die Frage der jungen Frau ist echt. Und leider ... wie sie weiß, nicht ganz unberechtigt. Es ist das Kartell und es ist nicht irgendeines. Es sind die Azteken!

Freddy schaut die Oberkommissarin noch immer tastend an, wartet eine Antwort ab. Die holt auch aus, hat ihre Hände in die obligatorisch rote Lederjacke gesteckt:

„Hatten sie denn, also hatten sie denn irgendeinen Hinweis, etwas Konkretes, außer so einem Gefühl? – Also ich meine, ich halte es für sehr unwahrscheinlich, wirklich", spricht sie, lügt sie und wedelt mit der Hand.

„Nein, nichts, nein. Außer einmal, ach, das war bescheuert, schon etwas her. Da sind wir auf der Straße über zwei Typen gestolpert. Wir sind zusammengestoßen, wortwörtlich, so patsch, als wir um eine Ecke kamen, wir in sie und sie in uns, Klassiker", erzählt sie und schlägt beide Hände gegeneinander, dass der Einkaufskorb schaukelt. „Und die Typen haben sich schon merkwürdig verhalten, das stimmt schon, aber Ria ist überzeugt, das waren sie. Das wäre dieses Dingsbumskartell. Hat sie auch gesagt und sieht es als Beweis. Sie ist überzeugt, das ist noch alles nicht vorbei", erklärt Freddy und sieht unglücklich aus. Ihr Blick tastet im Gesicht der Kommissarin, sucht dort nach einer Antwort.

Sabine antwortet nicht, steht nur dort, betrachtet ihr gegenüber und presst die Lippen aufeinander.

„Ich meine ... Ria hat doch eigentlich gar nichts mit denen zu tun. Okay, sie hat einen ihrer Bosse befreit oder so, aber ... sie weiß ja nichts, oder ist nicht wichtig oder ...", fragt Freddy und endet nicht.

„So funktioniert das aber nicht", will die Oberkommissarin antworten, spricht aber nicht.

Kapitel XV

Es gibt Tage, da fügt es sich. Es ist wie Zufall. Vielleicht ist es auch Ahnung und man steckt sein Handy ein, obwohl es verboten ist. So ist es heute auf der inneren Station. In Rias Krankenschwesternkitteltasche steckt ihr Handy verbotenerweise, dabei dürfen sie das nicht. Das kommt nicht vor, eigentlich. Handy ist im Krankenhaus den Angestellten nicht erlaubt, aber es ist eben Fügung ... in Wahrheit, ist es Ergebnis der Raucherpause. Ria war am Parkplatz, am Hinterausgang, da, wo damals Patient 504 entkommen ist, eine Zigarette rauchen. Und danach hat sie ihr Telefon nicht mehr in ihr Fach zurückgetan, so kam das. Das ist alles. Keine Ahnung, keine Vorsehung, nein, ein Versehen.

Und so läuft sie auf der inneren Station den Gang entlang in Richtung Schwesternzimmers und da spürt sie es: Ihr Handy, das verbotene, vibriert. Gott sei Dank ist es nicht laut gestellt.

Noch immer ohne Ahnung, nimmt sie im Schwesternzimmer angekommen den Anruf an, ohne auf das Display zu schauen. Es ist so viel Betrieb, da fällt so ein Privatgespräch gar nicht auf. Es sind nur drei Worte und Ria braucht keine Ahnung. Da ist kein Zögern. Sie steht vor, nein, neben dem Medikamentenschrank mit Handy am Ohr und weiß es sofort.

„Ola, erinnern sie sich?", spricht die Stimme und sie weiß, es ist Patient 504. Kein Zweifel. Weder zuckt es in ihr, noch ist sie wirklich überrascht. Nur ihr Herz, ihr Magen, alles krampft. Da ist es! Da ist er!

Und so zögert sie nicht: „Ja, ich erinnere mich", antwortet sie und schwer fällt ihr die Atmung. Sie hat Glück. Niemand ist im Schwesternzimmer und schaut oder hört ihr zu.

„Es ist ein wenig überraschend, aber ich hätte eine Bitte", spricht er und Ria antwortet nicht. Ihre Gedanken stehen, alles in ihr ruht. Sie hatte Recht, es ist nicht vorbei. Sie hatte die ganze Zeit Recht, sie sind da! Sie wissen von ihr. Sie sind um sie, ja, jetzt telefoniert er mit ihr. Ria blinzelt, denn so freundlich klingt er mit seinem Akzent, beinahe warm. Doch er schweigt.

„Ja", antwortet sie und verschluckt sich beinah. Cedrik, die Erinnerung an Cedrik im Schnee der Feuerlöscher flackert vor ihr. Das Bild taucht auf und vergeht. Cedrik, der vor dem Heizkörper hängt.

„Wir haben ein Problem, und sie könnten vielleicht helfen. Wären sie dazu bereit?", fragt die Stimme, als wäre es eine Kleinigkeit und als hätte sie eine Option. Es ist gefährliche Höflichkeit.

Ria dreht sich herum. Vor dem Fenster des Schwesternzimmers schiebt ein Patient im Morgenmantel das Gestell seines Tropfes vorbei in unendlicher Selbstverständlichkeit. Ria schließt die Schwesternzimmertüre. Da ist so eine Mutlosigkeit in ihr, so ein „ich muss".

„Man hilft doch, wo man kann", antwortet sie, quält die Worte an ihrem Kloß im Hals vorbei und nun ist es der Verbrecher am anderen Ende der Verbindung, der schweigt. „Ich meine, es macht sich gut im Lebenslauf, immer eine gute Tat", füllt sie die Stille gekünstelt munter, da Stille so unerträglich ist. Sie lauscht und weiß, dass ihr Gegenüber am Ende der Verbindung nicht lächelt. Er hört zu und überlegt, was er von dieser Krankenschwester halten soll. Bestimmt ist es so und sie ist wieder da: Rias Angst!

Plötzlich rasen die Gedanken. Es geht los. „Warum ich?", stolpert in ihr, doch sie fragt es nicht. Rias Puls steigt, die Angst kommt an.

„Wir bräuchten eine Blutkonserve", spricht ihr Gegenüber monoton. „Und noch etwas", ergänzt er kühl. „Wann?", fragt Ria. „Jetzt", gibt er zurück. Der Rest sind Details.

Ria hat aufgelegt. Nein, es war andersherum. Er hat. Das Gegenüber hat aufgelegt. Sie schaut auf das Handy. Das Display erlischt und es war ... Ria staunt ... sogar eine Nummer zu sehen. Es war nicht anonym. Es war ein Anruf ganz normal, ganz regulär, nur die Vorwahl war fremdländisch. Ausland.

Ria blinzelt, weiß nicht, wie sie es bewerkstelligen soll. Blutkonserve Blutgruppe B Resus-positiv..., das ist nicht möglich eigentlich. Nicht einfach so. Der Rest des Geforderten ist simpel, das hat sie vor sich im Schrank, ist Alltagskram. Aber Blutkonserve ... Das fällt auf. Ria ist wie blockiert. Und das „Sofort", dieses „Jetzt"! Ihre Gedanken rasen, tasten ihre Möglichkeiten ab. Und sie muss raus, raus aus dem Krankenhaus, sie muss durch die halbe Stadt. Aber sie hat Dienst. Das passt nicht. Unmöglich! Nicht möglich. Eigentlich, doch sie hat keine Option. Ria will leben, aber Patient 504 hat ihre Nummer.

Die Türe des Schwesternzimmers schwingt auf. Aische steht im Raum und strahlt sie an. Ria blinzelt und hat keine Ahnung, wie sie ihr Problem bewältigen soll. Jetzt!

Aische, die liebe Aische verzögert ihren Schritt, denn sie versteht ihre Kollegin nicht, wie und warum Ria da steht, auf der Unterlippe kaut und überlegt.

Zehn Minuten später ist Ria sich sicher: In ihrer Ausbildung zur Krankenschwester war die Übergabe von Blutkonserven an öffentlichen Springbrunnen nicht vorgesehen. Der Lehrplan gibt das nicht her.

Nein, schlimmer, weder die Blutkonserve noch sie, die Krankenschwester im Dienst, hätte das Krankenhaus verlassen dürfen. Das ist nicht nur nicht erlaubt, - besonders für die Blutkonserve –, das ist mehr als verboten. Und: Eine Krankenschwester in Krankenschwesterkluft in der Stadt fällt einfach auf. Die Gefahr ist groß, aber sie hat keine Zeit.

Sie hofft nur, niemand hat sie beim Verlassen des Krankenhauses beobachtet. Ja, da ist diese Kamera am Hinterausgang, dem Parkplatz, die ihr schon einmal beinahe das Genick gebrochen hat. Ja, sie ist da, na und?

Das magische Wort am Telefon war „jetzt" und also hat sie es jetzt befolgt. Sofort, ohne sich umzuziehen, ohne zu zögern, und hat alle Regeln gebrochen.

So sitzt sie nun denkbar unpassend gekleidet in blauer Schwesternkluft und Crocs an den Füßen vor dem vereinbarten Springbrunnen mit einem kleinen Paket in Packpapier. Gott sei Dank ist das Krankenhaus mitten in der Stadt. Menschen überall. Das gibt Sicherheit. Sie kann ein wenig in der Masse der Menschen untergehen. In der Ferne, irgendwo am anderen Ende der Stadt klingen Sirenen und Alarm.

Ria hat verstanden. Das gehört zusammen. Der Alarm, Polizei, Blutkonserve, das „jetzt", dass sie hier sitzt ...

Doch all das ist nicht ihre Sorge. Das ist Kleinkram. Sie sitzt dort brav in der Sonne und wartet, denn sie spürt diesen Finger am Kinn. Nichts ist schlimmer als das. Nichts kann gefährlicher sein, als Patient 504. Ria blinzelt. Nein, es ist mehr. Sie schließt die Augen, atmet tief ein und wieder aus, tut als ob sie Sonnenstrahlen genieße in einer Krankenschwesterpause.

Sie erinnert sich an die Oberkommissarin die ihr die Hand auf den Mund drückte, an ihren Blick, an ihre Angst. An das denkt sie. An Worte, die nicht genannt werden dürfen, nicht einmal im Herzen der Polizei, so viel Gefahr. Drachen. Azteken und Drachen. Und deshalb und wegen des Fingers am Kinn sitzt sie hier wie freundlich befohlen am Telefon. Wenn schon die Oberkommissarin ... denkt sie, erinnert ihr Entsetzen, erlebt neu diese Angst, fühlt die Hand gepresst auf ihren Mund. Ria atmet bewusst tief ein und aus, hält brav das Päckchen mit beiden Händen, während der Brunnen hinter ihr plätschert, und die Sirenen heulen in der Stadt.

Als sie die Augen öffnet, ist sie nicht mehr allein. Ein Mann sitzt neben ihr. Dunkles Haar, dunkle Haut. Er ist weder alt noch jung. Südamerika. Er sitzt ganz ruhig und trotzdem strahlt er Eile aus. Ria bemerkt Schweiß auf seiner Haut. Sie glitzert im Sonnenlicht und seine dunkle Kleidung ist verstaubt.

Unsicher ob es erlaubt ist, dreht sie den Kopf. Er dreht den seinigen zu ihr. Braune Augen. Das Braun, ähnlich dem von Patient 504, doch hier ist keine Ruhe, keine Sicherheit. Sein Blick tanzt und sein Kehlkopf steigt und sinkt unter seiner Haut.

„Aqui", spricht Ria mühsam, aktiviert altes Spanisch und reicht ihm das Päckchen. „So macht man das nicht bei geheimen Übergaben. Bestimmt nicht, aber ich kenne mich da nicht aus", denkt sie verzweifelt und bemüht sich um ein Lächeln. Ihr gegenüber lächelt nicht, nimmt nicht das Packet entgegen, sondern starrt auf ihr „Schwester Ria"-Namenschild. Er zupft an ihrem Ärmel.

„¿Eres una enfermera?", fragt er und sein Blick verlässt sie nicht. „Si, si", würgt sie hervor, denn sie ist eine Krankenschwester, ja, das ist sie.

„Ayúdanos", spricht er aus und ihr Herz rast. Sie hat verstanden leider. Sie starrt den Azteken an. „Rápido, rápido, ayúdanos", murmelt er. Sie soll helfen, sie soll ... und sie weiß, jetzt wird es kompliziert.

Es ist schlimmer. Es ist viel, viel, viel schlimmer, als sie sich je hätte vorstellen können.

Es war wie ein Rausch, wie ein Alptraumrausch, der Weg dorthin. Sie ihm hinterher, diesem Mann in staubigem Schwarz aus Übersee. Ohne Vorsicht, ohne geheim oder verbundene Augen, wie es in Räuberpistolen geschrieben steht, nein, denkbar auffällig ist sie, das Krankenschwesterlein, hinter ihm hergestolpert diesem Mann mit flinken Beinen. Das Paket in der Hand haltend ist sie hinterher. Kaum konnte sie Schritthalten mit ihren Crocs. Dieser Weg durch die Straßen, vorbei an den parkenden Autos – fürchterlich! Alles war so eng in dieser Garage, ein bellender Hund war da im Hinterhof, dieses Tor aus Stahl; und dann hinein in diese Werkstatt oder wo immer sie hier ist in diesem Dreck einer staubigen Halle ... Ria ist wie betäubt und funktioniert. Modus Krankenschwester! Es ist ein Alptraum, denn es sind zwei!

Zwei Männer liegen auf einer Rampe aus Beton. Beide Jung, gekleidet in schwarz, mit schiefen Sachen, verschwitzt und fahrig ist ein Bett improvisiert auf der

Rampe mit Bündel Tuch im Nacken. Doch das ist es nicht, das ist nicht das Schlimme.

Der Erste hechelt vor Schmerz und Ria versteht. Treffer in die rechte Lungenflügelspitze, zwei Finger unterhalb, knapp vorbei, aber ... dunkelrotes, fast schwarzes Blut sickert aus einem Loch in seiner Haut. Fahrig wendet sie den Patienten und er stöhnt unter ihrem routinierten Griff. Ausschuss auf der Rückseite gleich groß, Blutlache, schwarz. Schwacher Tonus. Notdürftig ist ein Pullover hochgeschoben. Blutige Lappen liegen sinnlos. Männer stehen herum in der Halle, vier oder fünf, schauen auf sie, auf Ria in Blau, doch sie hat keinen Blick für sie, schaut nicht auf. Sie wagt es nicht zu ihnen, den Maskierten zu schauen, denn sie ist in der Hölle! Einkreist von ... von ... Ria weiß es nicht, will es nicht wissen, denn es zu wissen wäre ihr Todesurteil, aber sie hat die Waffen gesehen.

Und dieser hier, der sich hier unter ihren Fingern windet halbschweigend und ächzt ... dunkles Blut sickert und sickert und sickert. Sein Blick ist trübe.

Ria tritt zurück und schüttelt den Kopf. Weiter ... der Andere ...

Der Andere. Auch er liegt auf der Rampe. Steckschuss, kein Austritt, Bauch Mitte-links. Helles Blut, wässrig. Er keucht, japst. Helle Augen aus einem glänzend-jugendlichen Gesicht flehen sie an. Sein Haar ist verschwitzt, seine Hände sind zu Fäusten gepresst. Er zischt, faucht und zeigt ihr die Zähne vor Schmerz. Ria tätschelt ihn einmal, greift, ja krallt seinen Arm und fühlt seinen Puls, so gut es möglich ist und sein Puls ist stark, noch.

Zurück zu Nummer eins. Rias Hals ist blockiert. Sie ist das gewöhnt, sie kann das. Notfallambulanz ist kein Problem für sie, aber hier fehlt alles. Es ist eine Lagerhalle, kein Arzt, nur sie. Und ... sein Blick trübt ein. Nummer eins gleitet weg. Ria wirft den Kopf hin und her, schüttelt ihn und wie in wilder Fahrt gleiten die Umstehenden an ihr vorbei in dem merkwürdigen Hallenlicht. Sie will die Männer nicht sehen, sie darf sie nicht sehen, denn dann ist sie tot.

„No", spricht sie leise, ja wimmert, fürchtet die Rache der Männer. „No...", wiederholt sie und sucht verzweifelt nach passenden spanischen Wörtern. „Está muerto No chance", spricht sie Kauderwelsch und weiß nicht, wie sie es ausdrücken soll. Leberschuss. Ein paar Minuten noch. Sie lässt ihn zurück, hofft, dass jemand in der Halle verstanden hat. Sie kann ja nichts dafür. Ein Alptraum ist es und Ria ist schlecht.

„Tienes la sangre. Transfusión", spricht einer zu ihr und da wird ihre eine Karte unter die Nase gehalten. Wortwörtlich unter die Nase. Es ist viel zu nah. Es ist ein Papier, ein Ausweis und blutverschmiert. Ria versteht: Die Blutgruppe passt. Die Blutkonserve passt und würde ... würde helfen, aber nur wenn, denn ... Leberschuss. Ria schaut auf und schaut in ein hartes Gesicht, gerades Kinn, schwarzer Blick, Südamerika. „Sangre, Transfusión", spricht er, befielt er, doch Ria schüttelt den Kopf.

„No, no", antwortet sie mit verschlossenem Hals und wedelt wie wild mit der Hand zwischen ihr und ihm. Sie weiß nicht wo, nicht wie, nicht mit welchen spanischen Worten sie ...

„Sie sollen Infusion geben ...", spricht eine raue Stimme von links in ihrer Sprache mit sehr Akzent. „Nein, nein ... es ist ..., es macht keinen Sinn! Leberschuss. Es läuft wieder heraus, es hilft nicht, Leber, Leber ist ... Leber ist sinnlos", antwortet sie, kreischt sie vor Angst. Wie soll sie erklären, was eine zerfetzte Leber macht und alles in der Halle schweigt. „No, no ... Esperanza". „Keine Hoffnung" fällt ihr ein.

„Wie lange noch, wie lange noch?", doppelt die Stimme nun beschlagen und Ria zwingt sich, schaut nicht in seine Richtung, hält die Hand des Unglücklichen. Ihre Finger schmieren in seinen, sie schieben in schwarzem Blut. „Zwei Minuten", spricht sie mit kurzem Seitenblick zu Nummer zwei. Der zweite hechelt stabil neben ihr. Alles schweigt. „Uno", spricht sie und Nummer eins bricht. Sein Blick bricht. Es waren nur Sekunden, sie hat sich verschätzt. „Fin", endet sie.

Es ist ein Strich, ein Streifen, ein Streichen mit der Hand über sein verschwitztes Gesicht und beinahe ist es zärtlich. So sind seine Augenlider geschlossen für immer, doch ohne Frieden ist es.

Zurück zu dem zweiten.

Ria fühlt den Puls. Stabil. Der Mann faucht sie an, faucht vor Schmerz. Bauchmuskeln glänzen und in der Ferne, ganz weit die Sirenen der Polizei.

Ria tastet ihn ab.

„Was ... was ist mit ihm?", spricht die Stimme heiser aus dem Raum und hört in seiner Stimme die Angst. Ria schluckt. Ihre Gedanken rasen. Staub tanzt in der Luft. Bauchschuss, leicht links. Er windet sich in Schmerzen und Ria fällt einen Entschluss.

Es geht schnell.

„Es ist gegen seine Schmerzen. Contra el dolor", improvisiert und ergänzt sie in hilflosem Spanisch. Sie zieht die Spritze auf, hat ja alles aus dem Medikamentenschrank mitgebracht, wie am Telefon verlangt.

Und da versteht sie: Während sie die transparente Flüssigkeit auf die Spritze zieht, wird es ihr klar. Die Blutgruppe passte zur Konserve und Ria begreift. Sie haben vorgesorgt und Pässe ausgestellt mit Daten und Blutgruppen für den Fall, dass. Perfekt organisiert. Da ist eine klare Sekunde in ihr, eine Ahnung, sie war, ja, sie – Ria - ist eingeplant! Der Anruf war kein Zufall! Sie war kalkulierte Option für den Notfall. Krankenschwester des Kartells! Sie ist Krankenschwester an der Front eines Krieges, der nicht ihrer ist und diese Halle ist das Feldlazarett! Da ist eine halbe Sekunde Entsetzen und Ria denkt klar: Sie gehört dazu! Sie muss, wenn sie leben will. Sie ist rekrutiert, ja, sie lebt nur, weil sie nützlich ist.

Die Stimmung schlägt um. In ihr und in der Halle, denn Ria hat verstanden. Sie ist am Zug!

Die Spritze wirkt, der junge Mann entspannt. Der Schmerz weicht zurück und Ria schluckt, betrachtet ihn, hält seine Hand und schaut nicht auf. Beinahe zärtlich blickt der junge Mann zu Ria, seinem Engel auf. Einer der Verbrecher – sie sieht ihn nur im Augenwinkel – richtet ein Tuch unter seinem Hinterkopf, mindestens so zärtlich ist es wie des Jungen Blick. Rias Alter.

„¿Me entiendes?", fragt sie, doch er lächelt nur selig, schwimmt bereits im Valiumtraum. Er hat blaue Augen, ja stahlblau, vielleicht sogar grau je nach Licht.

Ihr Blick fällt auf seine Wunde. Steckschuss. Es sieht harmlos aus, ist es aber nicht. Alles lauscht ihr. „Veinte minutos, mas o menos. Er muss in eine Klinik. Clínica. Inmediatamente, rápidamente ahora", spricht sie ruhig, alle passenden Vokabeln, die ihr einfallen.

Es wird gemurmelt. „Unmöglich" kommt die Antwort aus dem staubigen Raum und Ria schaut auf, endlich.

Er ist groß. Sein Blick ist wach unter und hinter der Maske aus Stoff. Der Anführer! Ria weiß sofort, diese Statur, diese Figur, ja diesen Mann würde sie sofort auch ohne Maske erkennen. Sie will seinen Anblick vergessen, will ihn nicht kennen und erkennen können.

Ria schwitzt und bemerkt es erst jetzt. Es ist heiß. Die Luft in der Lagerhalle – oder wo immer sie sind – steht.

„Dann ist er tot", spricht sie ruhig und ihrer und sein Blick treffen sich.

„Ninguna clínica", hört sie, doch sie schüttelt energisch den Kopf, wie nur Krankenschwestern es können.

„¡Clínica, ahora!", erwidert sie und zieht mit der Hand eine Linie unter ihrem Kinn über den Hals. Das wirkt. Alle verstehen und schweigen. Nur Nummer zwei, der Todeskamerad kichert auf der Rampe, ja er gluckst im Drogenrausch an ihrer Hand. Es klingt unpassend bizarr.

„A la clínica. Puedo hacerlo, no hay problema. Ich kann das. ¡No Problem, se cómo!", spricht Ria ruhig, presst ihre Finger auf ihr Brustbein, gestikuliert wie eine Südländerin, ja, lächelt sogar, denn sie ist da, die Idee. Ria hat Gewissheit. Sie weiß wie!

„Pero ...", beginnt ihr Gegenüber, doch sie schüttelt den Kopf. „¡Clínica ahora. En la calle. Vertraut mir, vertraut mir!", spricht sie in Mischmasch und Blicke springen und einmal noch murmelt eine Stimme im Hintergrund.

„¡En la Calle, vamos arriba!“, stümpert sie spanisch und dann geht es schnell.

Kapitel XVI

„Lass uns vögeln", schlägt Ria vor und strahlt. „Schon wieder? Wir haben doch gerade!", ist Freddy erstaunt.

Mit Ria stimmt etwas nicht, ist sie sich sicher. Ihre Laune ist blendend, zu gut, verdächtig gut. Ungewöhnlich und das erst recht nach dem Dienst. Normalerweise ist Ria nach Dienstschluss ein Muffel, der mindestens zwei Weinschorlen braucht, bis ihr ein Lächeln gelingt. Aber heute ist sie voller Energie.

Und Freddy hat recht. Sie haben gerade. Die Kissen und Laken sind noch warm, ja sie liegen noch darin.

„Ja, klar und nochmal bitte!", strahlt Ria und ist das blühende Leben. Ihre Augen funkeln, ihre Locken locken, ihr Körper ruft nach Liebe. Es ist ja jetzt nicht so, dass Freddy sich weigert oder nicht will. Die Einladung ihrer Freundin ist schön, aber etwas stimmt nicht. Freddy kann den Braten riechen.

Skeptisch schaut sie ihre Freundin an, überragt sie im Bett sitzend mindestens einen halben Kopf. Beide sind sie appetitlich und ohne Kleidung, junge Frauen im und nach dem Liebesspiel. Die Unterhaltung ist nur ein Intermezzo, doch Freddy bleibt skeptisch. Ria grinst einfach zu breit und lächelt zu verdächtig.

„Was hast du angestellt?", fragt Freddy spitz, doch Ria tut wie die Unschuld in Person. Das Schauspiel gelingt mäßig. „Nichts", betont Ria, grinst und trifft die Vorbereitungen für die nächste Runde. Sie legt sich und richtet sich das Kissen ein. Sie ist diesmal unten, wenn sie es richtig in Erinnerung hat. Das Glück sickert aus jede ihrer Poren, hübsch, blank, nackt und bereit.

„Ich glaube dir kein Wort, du hast irgendwelchen Mist gebaut", bleibt Freddy beharrlich. Zwar kann es so schlimm nicht gewesen sein, immerhin musste sie ihre Freundin nicht am Polizeipräsidium abholen, aber der Schalk, dieses Hintertriebige ist unübersehbar.

„Ich auch nicht. Sie lügt wie gedrückt", stimmt Hamit zu und Ria lacht los, bedeckt ihr Gesicht mit einem Kissen und strampelt los. „"Gedruckt", „lügt wie gedruckt" heißt es, nicht „gedrückt"", korrigiert Freddy ihn, auch wenn sie selbst schmunzeln muss.

„Nein, nein, wie gedrückt, schau, wie sie drückt. Sie drückt uns Unsinn", spricht er falsch und begeht Hochverrat: Er ist vorgerückt und hat in Rias Flanke gegriffen und der elastische Körper explodiert. Sie schlägt und zappelt und wehrt sich und Hamit kitzelt beharrlich, weiß, wie kitzelig Ria ist.

Die Idee ist gut und wird von Freddy aufgegriffen. Ria wird gefoltert. Finger überall an ihr. Die schlanke, nackte Frau kann unter den Händen der beiden schlagen und treten und sich winden, wie sie will, es gibt kein Entkommen. Ria, lacht, prustet und wehrt sich nach Kräften wie ein blankes Bündel. Schließlich wird sie von dem muskulösen Türken niedergedrückt, seine Goldkette pendelt über ihr. Sie ist wehrlos und Freddys Spinnenfinger kitzeln weiter. Ria japst nach Luft, ruft um Hilfe, erbittet Gnade und schreit im Wechsel.

„Bitte! Bitte! Wir hat-ten nu-r ei-nen Pat-tien-ten", antwortet sie abgehackt und man lässt ihr die Luft, damit sie antworten kann. Schwer atmend und mit hochrotem Kopf strahlt Ria nackt und erhitzt unter den beiden Spielkameraden. Ihr Bewegungsspielraum ist null, denn Hamit drückt sie weiter in die Matratze! Widerstand zwecklos.

„Wirklich, ich habe nichts angestellt. Wir hatten nur einen Patienten in der Ambulanz, ... Verkehrsunfall und da ...", spricht sie hastig, wird aber von Freddy unterbrochen. Hoch ragt sie giraffengleich mit überschlankem Körper neben Ria auf, ist Richterin und führt Beweisaufnahme. Hamit ist weiter glaubhaft Knebelknecht. Die schmale Ria unter dem kräftigen Mann bietet ein schönes Bild.

Ria muss eine Locke wegpusten, so wehrlos ist sie unter ihm. Gar nicht schlecht fühlt sich das an.

„... bitte, nicht weiterkitzeln, ja, sie haben mich ausgeliehen in der Ambulanz", lügt Ria schamlos atemlos und versucht sich im arglosen Augenaufschlag. Zu ihrer eigenen Überraschung gelingt ihr das Schauspiel überzeugend.

„Und wieso macht dir das gute Laune?", will die Giraffe mit den flachen Brüsten wissen. Noch ist sie skeptisch, hält eine Augenbraue hochgezogen. Ria ist noch nicht frei.

„Weil wir ihn gerettet haben. Alles wieder gut. Milzriss", spricht sie und strahlt glücklich. Das ist nicht gelogen ... und dann wieder komplett und total. Es ist einfach alles nicht wahr. Nur das mit der Milz, dem Organ, das stimmt.

Einige Sekunden noch schwebt die Stimmung über dem Bett, dann wird der Griff gelockert und Ria ist wieder frei. Blank und mit gespreizten Gliedern bleibt sie unter den beiden liegen. Die geben sich mit der Erklärung zufrieden und Ria atmet schnell und lächelt.

Was war das für ein Abenteuer gewesen! Es hatte funktioniert, unglaublich, aber wahr! Die Verletzung war nicht schlimm, nur unbehandelt wäre sie tödlich. So eine Milz ist schnell genäht, kein Problem. Es wird wieder werden mit ihm, dem jungen Mann aus Südamerika mit graublauem Blick. Er wird!

Dass er noch frei und entkommen muss aus seinem Krankenzimmer ... das sind die Details, um die sich Ria morgen, vielleicht übermorgen kümmern wird.

„Sie ist an der Reihe, richtig?", fragt Hamit, wechselt das Thema und fährt sich mit den Fingern durch sein Brusthaar. Freddy nickt. Die drei haben da so ein besonders System beim Sex. Es hat sich bewährt und ist extrem gerecht. Zumindest in den ersten Stunden.

Ria freut sich, sie ist dran, liegt sehr gerne hilflos in den Kissen mit schlanken Armen und bietet ihren dazu passenden Körper an.

„Also, was willst du Mädchen? Wie willst du es?", fragt Hamit wie immer höflich. Auch Freddy grinst bereits, denn jetzt wird es schön.

„Bitte alles! Ich möchte alles! Das Leben ist kurz", haucht Ria und keiner der beiden bemerkt ihre Tränen.

Kapitel XVII

„Sie verarschen uns! Verdammte Kacke, sie verarschen uns!", schreit er und Ria zieht den Kopf ein.

Fünf Tage nach der spektakulären Rettungsaktion sitzt Ria in der Klemme. Wieder in blauer Krankenschwesteruniform, wieder in Crocs, sitzt sie in dem gleichen Verhörzimmer wie vor drei Monaten mit hellem Licht und Spiegelglasscheibe und allem Drum und Dran.

Und von der Freundlichkeit Bobs, dieses Polizisten in Schlips und Kragen und Anzug ist nichts mehr übrig. Bei Cedrics Tod war er noch so schuldbewusst gewesen, aber jetzt ist er außer sich. Ja, er hat sogar seine Krawatte ausgezogen, was bestimmt kein gutes Zeichen ist, vermutet Ria.

Seit zwanzig Minuten wird sie aus verschiedenen Richtungen angeschrien, nur weil sie sich wehrt.

Der Vorwurf, mit dem Ria konfrontiert ist, ist einfach lächerlich. Es ist ... ach, sie kann es sich alles gar nicht merken, macht aber nichts, denn es wird eh ständig wiederholt, auch jetzt.

Ria schaut nicht auf, glotzt auf die Tischfläche und lässt es über sich ergehen. Unschön ist nur, dass diesmal auch die Oberkommissarin nicht auf ihrer Seite ist. Sie sitzt in der

Ecke des Raums mit überschlagenen Armen und schüttelt immer wieder den Kopf, als hätte Ria Unfug gemacht.

Da wieder! Er tut es wieder: Bob schimpft mit ihr, hat sich zu dem Häufchen Krankenschwesterelend heruntergebeugt und zählt die Vorwürfe an seinen dicken Fingern ab.

„Sie haben eine Person mit einer Schussverletzung in das Krankenhaus gebracht und wir wollen wissen woher!", brüllt er und seine Faust saust lautstark auf den Tisch, dass es scheppert. Ja, Bobs Adern an den Schläfen sind gar geschwollen.

„Habe ich nicht. Er ist mit dem Krankenwagen eingeliefert worden", kontert Ria leise. „Ja, aber sie haben den Krankenwagen gerufen!", tönt er überlaut und wieder donnert die Faust auf den Tisch. Ria beißt auf ihre Unterlippe und schaut vorsichtshalber nicht auf. Stimmt ja leider, das ist ein unangenehmes Detail. Sie wusste nicht, dass auch unterdrückte Nummern für die Polizei und Notrufdienststelle sichtbar sind. Sehr ärgerlich ist das.

Ria schweigt und macht eine Schnute. Einmal spinkst sie zu ihrer Lieblings-Oberkommissarin, aber die schaut Ria nur düster an. Vielleicht nicht ganz so düster, wie dieser cholerische Bob direkt vor ihr. So weit ist es schon gekommen, dass sie Polizisten mit Vornamen kennt, denkt sie frustriert.

Ria schluckt und ist traurig. „Ich wollte nur helfen", spricht sie leise. „Woher! Woher ist dieser Mann?", brüllt Bob und Ria schweigt eisern, presst ihre Lippen aufeinander ganz fest.

Ein dritter Polizist, ebenfalls in Anzug stöhnt laut und genervt aus einer für Ria unsichtbaren Ecke. Überall nur Polizei und dazwischen Ria die kleine Krankenschwester mit Schwesternkittel und – Zufall – nichts drunter. Das fühlt sich einfach nicht gut an. Alle sind gegen sie.

„Wie kann es sein, dass niemand die Schussverletzung gemeldet hat an die Polizei, das ist Pflicht!", ranzt dieser miese Bob sie jetzt an. „Weiß ich nicht", spricht Ria mit weiten Augen. „Und wieso wurde das aber ins System eingegeben, dann aber nie abgeschickt?", fragt er weiter und Ria wird heiß. Langsam wird es gefährlich. Schöne Fragen sind das nicht. Ganz still sitzt sie jetzt und wagt keine weitere Bewegung. Der Abgrund ist nicht weit.

„Vier!", schreit er und zeigt vier seiner Wurstfinger in die Höhe, so dass sogar Ria aufschaut, traurig und geschlagen. „Vier verdammte Tage liegt ein Unbekannter mit Schussverletzung im Krankenhaus und wir erfahren nichts davon!", brüllt er und Ria weiß keine Antwort, schaut ihn nur verunsichert an. Handschellen. Schon wieder. Die Dinger wären gar nicht nötig gewesen, findet sie. Sie sind unangenehm und zwicken.

„Ja, wusste ich nicht", spricht sie scheu, aber man glaubt ihr nicht. Es klingt einfach nicht echt. „Das war ein Bandenkrieg, verdammte Scheiße! Die Zeitungen waren voll davon und da liegt einer ... und ...", brüllt er, weiß nicht wohin mit seiner Kraft und ringt um Fassung. Ria schluckt und bleibt in Deckung und er holt neu aus verbal:

„Wieso wurden die Behandlungskosten über die Krankenversicherungskarte eines ...", will Bob der Polizist sehr dringend wissen, und blättert kurz in seinen Unterlagen und liest einen Namen ab. „... eines Hamit Musurek, abgerechnet, der zufälligerweise ihr Nachbar ist?", fragt der Chef der Ermittlergruppe sehr erhitzt.

Ria blinzelt. „Das sind doch Verwaltungsfragen, Abrechnungsstelle. Die sind zuständig und sie ist

Krankenschwester und kann das nicht wissen", denkt sie trotzig, spricht es aber nicht aus. Lieber lässt sie ihren Kopf ein wenig hängen.

„In welcher Beziehung stehen sie zu diesem Hamit Masulef", will der Herr Großinquisitor wissen und schüttelt den Namen durcheinander in seiner Empörung. „Er fickt mich Dienstag und Samstag", gibt Ria bereitwillig zu. Ihr Blick spricht Bände. Er spricht: Ja, ich habe nicht alles richtig gemacht.

Die Oberkommissarin schmunzelt in ihrer Ecke, versteckt ihr Gesicht hinter ihrer Hand, was auch Ria lächeln lässt. Sie ist eben doch toll und voll ihr Schwarm. Und sie haben den gleichen Humor.

„Soll ich ihnen einmal vorlesen, wie viele Straftaten sie begangen haben?", will er weiterwissen, aber Ria schüttelt den Kopf. Ne, das will sie nicht hören. Bestimmt würde es ihr die Laune verderben, ja, ganz bestimmt sogar.

„Ich habe damit nichts zu tun", flüstert sie leise. Die Lüge ist so groß und greifbar, dass Bob für fünf Sekunden schweigt.

„Na gut nicht viel", gibt sie zu und schaut ihn jetzt trotzig an.

„Und ... und ... er ist nicht mehr da! Er ist ...", spricht Bob jetzt, hat sich von Rias Teilgeständnis nicht beeindrucken lassen und geht in dem kleinen Raum im Kreis mit in die Flanken gestützten Armen. „... er ist auf genau dem gleichen Weg entkommen, wie dieser Patient von 504! Wie ...! Bitte ...! Ich bitte sie, wie ...!", ist er so grenzenlos empört und Ria bringt alle Kraft auf, nicht zu grinsen. Der Plan war einfach und genial.

„Und das waren sie, sie, sie ...", schreit er in ihre Richtung, zeigt auf sie, brüllt vor ihrem Gesicht, dass ihre Locken fliegen. Das hatten sie schon einmal, ist drei Monate her.

„Wann war das denn? Davon weiß ich gar nichts", erhöht sie den Punktestand ihrer Lügen. „Gestern", brüllt er und es schallt im kleinen Raum. Die Oberkommissarin reibt sich mit den Fingern über die Stirn, damit sie das Elend dieses Verhörs nicht mitansehen, nur anhören muss.

Bob steht über Ria gebeugt mit geiferndem Blick. Seine Augen sind aus den Höhlen gequollen und ... der Tatbestand von „beinahe Zeugin erwürgt", wird beinahe erfüllt.

„Da war ich gar nicht da", antwortet Ria nicht ohne Trotz und spielt mit ihren Fingern, so gut dies in Handschellen möglich ist.

Sie schaut auf, sehr vorsichtig und fassungslos starrt er sie an. „Ich hatte keinen Dienst. Gestern war frei", ergänzt sie und in seinem Gesicht passiert etwas sehr Hässliches, dabei ist es eh schon so groß und glatt und schwitzend vor ihr. Doch Ria hält stand mit traurigem Blick.

„Stimmt das? War sie nicht da?", will er wissen, hat sich ruckartig zu seinem Kollegen in der Ecke herumgedreht. Der nickt und liest ab von seinen Papieren.

Als Bob sich Ria wieder zuwendet, streckt sie ihm die Zunge heraus. Es ist kindisch, aber sie kann nicht anders. Der Drang ist zu groß. Sie war nicht in der Klinik. Ihr Plan war so verdammt gut. Und sie ist sich sicher hunderttausendprozent: Die Kamera des Hintereingangs hat sie diesmal nicht erfasst.

„Damit kommen sie nicht durch", flüstert er. „Damit kommen sie nicht durch", wiederholt er und Ria befürchtet, er hat Recht. Schwierig wird das, sie muss kooperieren.

Ihr Blick geht zur Oberkommissarin, dann zurück zu Bob dem gemeinen Ermittler mit all der Wut.

„Ich arbeite für Flüchtlinge", spricht sie leise und der Polizist schüttelt sich, als ob er nicht richtig verstanden habe.

„Flüchtlinge?", haucht er fassungslos. „Ja, für Flüchtlinge. Das ist nicht verboten, das darf man", weiß die Ria und nickt, schaut aber vorsichtshalber nicht zu den bösen Polizisten auf, sondern auf ihre Hände. „Und die haben mich kontaktiert, weil ich Krankenschwester bin, und dann bin ich da hin und der war verletzt und da habe ich den Krankenwagen gerufen", betet sie ihre Entschuldigung herunter.

Auch wenn es nicht ganz glaubwürdig klingt, es ist Futter. Alle Polizisten müssten blinzeln und sich auf die neue Lage einstellen.

„Flüchtlinge? Ein Flüchtling? Ein Flüchtling mit einer Schussverletzung?", fragt er spöttisch und Ria nickt.

„Ja, aber das geht mich nichts an", spricht sie überzeugt. Sie ist ja nur ein Krankenschwesterlein. Von solchen Kriminalgeschichten versteht sie nichts.

„Auch einer mit Kugel im Bauch ist ja krank und ein armer Flüchtling", behauptet sie und aktiviert denkbar viel Rehaugenblick. Bob richtet sich auf und atmet tief durch. Einmal dreht er sich auf der Stelle, als ob er den Ausgang aus dem Verhörraum suche. Sein Blick fällt auf die Oberkommissarin, die heute nur in T-Shirt mit Schulterhalfter sitzt. „Versuchen sie mal ihr Glück, ich brauch mal kurz frische Luft", behauptet er und gibt den Platz vor Ria frei.

Als die Oberkommissarin vor Ria rückt, setzt sie sich und greift nach ihren Händen.

„Kannst du dir vorstellen, dass wir dir das nicht so ganz glauben?", fragt sie vorsichtig und grinst sogar. Ria nickt. „Logisch, würd ich auch nicht", antwortet die prompt. Sie schaut die Oberkommissarin an und in ihre Augen. Das macht sie gerne. Ihr Schwarm ist ja hübsch und nicht so böse, gemein und laut, wie dieser miese Bob.

Die Oberkommissarin lächelt und streichelt Rias Spann mit ihrem Daumen.

Einmal atmet sie tief ein und wieder aus und beginnt: „Du bist da in etwas ganz Übles hineingeraten. Da bekämpfen sich zwei Kartelle, verstehst du das?", fragt die Oberkommissarin mit geneigtem Kopf und Ria schüttelt den Kopf, denn nein, das versteht sie natürlich nicht. Aber weiter wird sie gestreichelt und das ist schön.

„Und wir müssen wissen, wo du diesen Mann ... also woher dieser Mann mit dieser Schussverletzung kommt, ganz dringend müssen wir das", erklärt sie, als sei Ria ein Kind. Die nickt ebenso kindlich zurück.

„Das weiß ich", antwortet sie leise und nickt weiter und formt mit ihren Lippen eine Schnute. Die Blicke der beiden Frauen begegnen sich und ganz tief schauen sie einander in die Augen. Da ist ein Zittern. Einmal bebt Ria und es überträgt sich auf die Oberkommissarin. Es ist das Zittern der blanken Angst.

„Und ich habe einem Flüchtling geholfen und den Krankenwagen gerufen und das ist nicht verboten. Und von dem Rest weiß ich nichts. Ihr könnt nichts beweisen", behauptet Ria, ja, hofft es und schluckt fiebrig. Alles verschwimmt vor ihren Augen, denn Tränen schießen ein. „Ich weiß nicht, woher dieser Mann kommt und nicht, wo er jetzt ist und egal, was ihr tut, ich weiß es nicht", spricht sie leise und entschieden.

Die Oberkommissarin will neu ausholen in ihrer Argumentation, holt schon Luft, doch Ria spricht weiter: „Egal, was oder wie ihr ...", wagt sie und es bebt in ihr, denn es ist die Wahrheit und wichtig und ultimativ: „... die haben einfach die stärkeren Argumente als ihr", flüstert sie und alles im Raum schweigt. Ja, schweigend wird anerkannt, Ria hat recht.

Ein Schweigen ist und sie darf sich die Nase putzen, was in Handschellen gar nicht einfach ist.

„Dankeschön", haucht sie und die Oberkommissarin nimmt ihr sogar das Taschentuch wieder ab, freundlich, wie sie ist.

„Woher wisst ihr überhaupt, dass das so ein Kartellfutzi war?", will Ria wissen. Es ist reine Opposition. Sie will auch einmal etwas fragen, nicht immer nur die anderen.

„Weil er ein Tattoo des Kartells am Handgelenk hatte, wird uns berichtet", wirft der Polizist aus dem Hintergrund, der mit der Kladde, in den Raum. Ria erschaudert.

„Es ist so ein Inka oder Maya Symbol", erklärt er weiter. „Azteken", ätzt Bob, der den Verhörraum nicht verlassen, sondern an die Wand angelehnt zugehört hat.

„Hast du das schon einmal gesehen, das Tattoo?", fragt er Ria, doch die schüttelt den Kopf. Er tritt vor, nimmt ihre Hand und zeigt ihr den Fleck, dort am Handgelenk, wo die Adern schimmern. „Da machen sie es, der innere Kreis des Kartells. Das sind die Wichtigen, der harte Kern. Das war Nummer zwei, du hast zwei von ihnen befreit", spricht er und hält seine Wurstfinger in die Höhe.

Ria beißt auf ihre Lippe. „Habe ich nicht", flüstert sie. „Okay, du hast sie entlassen", ätzt Bob und seine Stimme ist voller Hass.

„Das könnt ihr nicht beweisen", flüstert sie. Es war kaum hörbar und sie atmet kontrolliert, nach vorne gebeugt über den Tisch. Niemand soll sehen, wie sehr sie bebt in Angst und Wut.

Auch die Oberkommissarin beugt sich vor, hält wieder Rias Hände, beugt sich weiter, bis ihre Stirn die Rias berührt. Es ist ein warmer Kontakt.

„Mensch Mädchen, was machst du?", flüstert sie und Ria bebt, schluchzt einmal auf. „Ihr könnt nichts beweisen. Lasst mich gehen. Lasst mich einfach gehen", haucht sie, drängt sie nur für die Oberkommissarin hörbar.

Kapitel XVIII

So einfach ist das natürlich nicht. Es dauert noch drei Stunden, bis bewiesen ist, dass Ria nichts bewiesen werden kann.

Ria wird entlassen. Sie darf gehen.

So steht sie am Hinterausgang des Polizeipräsidiums und die Insekten kreisen um die Laterne wie gehabt. Alles ist gleich, beinah.

Ria in blauem Kittel, die schwüle Nacht, die summende Stadt, die Crocs an den Füßen und unüberwindbar vermag Ria nicht in das Dunkel zu treten, da dort bestimmt bestimmt Gespenster sind.

„Soll ich sie anrufen?", fragt die Oberkommissarin und schließt zu Ria auf. Gemeint ist Freddy.

Ria und die Oberkommissarin stehen allein. Hell illuminiert ist die Rezeption hinter ihnen. Nachtdienst, kein Betrieb am Hinterausgang und die Pförtnerin blättert hinter Panzerglas in einer Illustrierten, die sie dutzendfach schon gelesen hat.

„Nein, Freddy ist schon auf dem Weg. Sie weiß Bescheid", antwortet Ria matt. Sie ist erschöpft, ihre Stimme belegt.

Die Oberkommissarin, jetzt wieder in roter Lederjacke, zündet sich zwei Zigaretten an, Zwillinge, und reicht eine an Ria. Sie rauchen und schweigen, machen zwei Schritte vor, weg vom Präsidium, diesem ätzenden Licht im Nacken und stehen dichter, beinahe mit Köpfen zusammengesteckt.

Ria schluckt hart, so hart, dass die Oberkommissarin es in ihre Wange spüren kann. „Sie haben mich angerufen. Ich habe es mir nicht ausgesucht", flüstert Ria und die Oberkommissarin steht dicht Wange an Wange neben ihr.

„Es waren zwei, einer ist verreckt", macht sie es kurz und die Oberkommissarin nickt, streicht einmal über Rias Rücken, als sei das ein Trost.

Rias Augen füllen sich mit Tränen, es ist alles zu viel. Dieses Verhör heute und das, all diese Tage, diese Spannung und Ungewissheit. „Wie?", fragt Sabine leise. „Wie was?", tuschelt Ria zurück. „Wie haben sie dich kontaktiert?", haucht sie unhörbar. „Angerufen. Normale Nummer, Ausland", reagiert Ria sofort und ihre Blicke treffen sich. „Wir haben nichts. Kein Anruf", raunt Sabine und beide schauen einander verwundert an. Das ist ein merkwürdiges Detail und jede der beiden denkt sich ihren Teil.

Fahrig fährt sich Ria mit der Hand durch das Gesicht. „Was hätte ich denn machen sollen? Ich habe so eine Scheiß-Angst", tuschelt sie und bebt. Ja, die Nacht ist schwül, doch Ria friert. Die Oberkommissarin nickt, faucht und fletscht die Zähne, denn sie fühlt mit.

Kapitel XIX

„Es ist hoffnungslos mit dir", tadelt Freddy und Ria macht ein beleidigtes Gesicht. Hoffnungslos findet sie sich nicht, so schlimm ist es nicht. Sie hat doch einfach nur Angst, was aber Freddy natürlich gar nicht wissen kann. Doch das ist gemein von der sonst so lieben Freddy, ihrer Giraffe. Ria tut gespielt traurig, als dürfe eine Freundin so nicht mit ihr sein und spielt mit ihren nackten Zehen.

Natürlich hat Freddy sie abgeholt und ist ab nach Hause mit ihr, weg von dem hässlichen Präsidium. Natürlich hat Freddy Ria Löcher in den Bauch gefragt, aber die Antworten waren nur dürftig, wie immer. Irgendwas von „falschem Verdacht", „falschem Alarm" und „die mögen mich auf dem Polizeipräsidium", hat sie unverständlich genuschelt auf dem Rückweg und Freddy nicht angeschaut.

Immerhin durfte sie trotzdem ihre Hand halten, das ist ja schon was. Man muss einander ja beschützen, wo überall Gespenster sind.

Nun sitzen sie die beiden auf der Treppe, auf diesen beiden Stufen vor dem Altbau in der Stadt und rauchen eine letzte Zigarette.

„Jetzt einmal im Ernst, was war denn los?", will Freddy wissen, denn diese Geheimnistuerei hat sie kräftig satt. Ria schaut auf ihre Zigarette und zuckt kraftlos mit der Schulter. Nein, sie wird nicht antworten, auf keinen Fall. Viel zu gefährlich wäre das und-aber es fällt Ria sichtlich schwer. Sie würde so gerne, will es erzählen irgendwem.

„Hast du wieder einen Verbrecher aus dem Krankenhaus entkommen lassen?", frotzelt Freddy und Ria kaut auf ihren Lippen. Sie darf jetzt nicken, darf nichts zugeben oder leugnen. Schwierig, besonders, da Freddy ins Schwarze getroffen hat. Genau das hat sie getan. Sogar einen mit diesem Tattoo, einen, vom inneren Verbrecherkern! Aber sie darf nicht, darf nicht jammern, muss stark sein und dabei will sie nur in Freddys Arm.

„Es hat einen Bandenkonflikt gegeben. Irgendwas, keine Ahnung und sie dachten, ich wüsste etwas", gibt Ria irgendeine Phantasieantwort und schnippt die Kippe über das Pflaster. Die Straße liegt verlassen da. Im Kiosk gegenüber flackert Neonlicht und Hamit steht weit hinten bewegungslos an der Wand. Man und niemand sieht ihn durch die Scheibe zugestellte Scheibe.

„Diese Ätzetheken gegen Andere?", fragt Freddy und nickt. „Ja, genau", stimmt sie müde zu und korrigiert ihre Freundin nicht. Es heißt Azteken, nicht Ätzetheken. Die Ätzen nicht ... obwohl ..., aber das ist jetzt auch egal; Ria will ins Bett.

Kapitel XX

Da die kommenden Wochen alles harmlos verläuft, darf Ria harmlos sein. All diese Verbrechen und Ätzetheken und all dieser Quatschkram sind in den Hintergrund getreten. Alltag, Dienst und Sommerzeit und sie sind junge Frauen.

Der Sommer ist schön, unerwartet warm mit so richtig kräftigen Gewittern, bei denen man barfuß über Pflaster tanzen darf im Regenguss.

Was soll all der Zweifel, die Angst und die Gespenster? Die Nächte sind kurz, früh wird es hell, spät wird es dunkel und das Leben ist schön.

Besonders die Nächte haben es in sich, denn Ria hat das Feiern neu entdeckt. Da ist so eine Kraft in ihr, die leben will unbedingt und ganz, ganz viel.

Das war so ein bisschen knapp. Zwei Mal war sie einer düsteren Gefahr sehr nah und wurde am Leben gelassen. Zwei Mal hatte sie mehr Glück als Verstand. Das wirkt nach. Das macht bewusster, wie kurz das Leben ist, wie wichtig es ist, jeden Tag zu brennen.

Und heute ist so ein Tag, zwei Uhr in der Nacht und es ist wild und heiß, denn alles tanzt. Die Menschen, die Luft und auch die Wände.

„Mit Südamerikanern habe ich aber ganz schlechte Erfahrungen gemacht?", ruft sie und warnt den Kandidaten, der etwas linkisch ihr einen Drink ausgeben will. Die Bar ist voll, in der Mitte wird getanzt und hier an der Theke ist Gerangel.

Er der Bewerber, mittelgroß, dunkles Haar, markante Augenbrauen aber feines Gesicht, zuckt ein wenig. Furchtsam schaut er zu ihr.

Dieses kleine Gespräch zwischen Ria und dem jungen Mann kommt nur zu Stande, da Ria nicht mehr so ganz und gänzlich nüchtern ist. Normalerweise ginge sie allen Männern mit dunklem Haar aus dem Weg. Normalerweise neu! Das ist ein neuer Instinkt. Sie hat ihn entwickelt, auch, wenn er albern ist. Lieber die Blonden, oder die Roten oder ... Hauptsache nicht Südamerika.

Aber der hier, dieser Junge ist keine Gefahr, nein, er ist höflich und eher schüchtern. Es ist offensichtlich, er findet Ria interessant und hat sich elende Minuten nicht getraut, stand am Rand schmal und hat sie angeschaut, während sie tanzte. Jetzt aber schon, jetzt rückt er vor, hat sich allen Mut genommen und das aus gutem Grund: Ria ist eine Verlockung! Jung, schlank und so sehr schwitzend, dass das dünne Kleidchen an ihr klebt. Die Nacht ist heiß, die Luft ist schwül und dann dazu der Tanz. Dankbar nimmt sie den spendierten Drink entgegen und prostet dem freundlichen jungen Mann zu. Der schaut ein wenig zerknirscht zu ihr, obwohl sie nah stehen an der Bar.

„Ja, das stimmt. Viele sind echt unmöglich, tut mir leid", spricht er und es bedarf noch etwas Wortwechsel sehr nah von Ohr zu Ohr, damit Ria versteht: Er entschuldigt sich stellvertretend für einen ganzen Kontinent.

Ria lächelt. Er hat was. Er ist süß, so anders und defensiv. Und zart. Ja, so wie er da steht, etwas falsch am Platz gefühlt, ist sie sich sicher, nach diesem Drink wird er das Weite suchen, wenn sie nichts tut. Hier muss sie, nicht er. Südland und dunkles Haar hin oder her, nicht alle von dort gehören dazu oder sind gefährlich. Dieser nicht! Dieser soll und lockt, da er nicht lockt und nicht weiß, ob er dürfen soll.

Ria beißt auf ihre Unterlippe, grinst und nippt am Drink. Er wird es werden diese Nacht. Ihr ist danach und sie will dem Zögernden einen Gefallen tun. Auch das. Auch den Schüchternen gehört dann und wann eine Chance und wer weiß, die stillen Wasser sind ... vielleicht sind sie ja ... sagt man ja.

Der junge Mann lächelt, klammert sich an sein Glas und weiß nicht recht, was er in Angesicht seiner Beinahe-Eroberung nun sagen soll. So kurz vor dem Ziel strauchelt er. Ria wird helfen, ganz bestimmt, wo sie doch so gerne hilfreich ist.

So schnappt die Falle zu.

Und sie hat recht. Zunächst. Er ist wie versprochen. Er ist lieb und zart und hat sie begleitet bis vor ihre Türe. Ja, er wollte gar nicht mit hinein, zumindest hat er sich geziert. Sie, ja sie Ria, hat ihn hineingezogen an der Hand, denn es ist ein großer Spaß. Und es hilft: Nicht allein in der Nacht, nicht allein in der Wohnung, nicht alleine vorbei an dem Kellerloch. Schon vor der Wohnungstür wartet es auf sie das Gespensterloch jeden Abend und tut niemals nie etwas, doch das lernt sie nicht.

Ja, er, der Junge erfüllt sein Versprechen. Er entkleidet sie zart mit Pianistenhänden, beinahe nicht und zögerlich und die Küsse sind – Ria muss kichern – spitz, mit spitzem Mund. Es ist offensichtlich: Sie hat den schüchternsten

Südamerikaner der Welt auf ihre Bettstatt gezogen. Obwohl, noch nicht ganz, noch sind sie vor dem Bett, ganz knapp.

„Soll ich noch etwas holen?", fragt er und schaut sehr treu in die leeren Kelche. Das Schlafzimmer liegt im Halbdunkel. Ria hat das kleine Licht angemacht, das kleine, warme. Sie ist einverstanden mit seinem Dienst, denn die Sektflöten sind klein und leer, die Flasche aber ist im Kühlschrank geblieben.

Er zurück und ein Prost. Klirrende Gläser, perlender Sekt, Gesichter ganz nah. Ja, sein Adamsapfel hüpft und sie weiß, er ist jünger als sie. Das ist niedlich. Drei Jahre, ein Drittel Jahrzehnt. Mit sechsundzwanzig, wie Ria ist das eine halbe Welt und täuscht ihn harmlos vor.

Noch trägt sie BH – obwohl nicht nötig, Slip natürlich auch. Das ist der nächste Schritt, das wäre er, da müssen seine Pianistenfinger hin und Ria prickelt nicht nur der Sekt.

Der schmeckt komisch bemerkt sie noch, das Bild verschwimmt und dann wird es Nacht. Ria ist nicht mehr da, ist zusammengesackt auf Kissen und Matratze und noch in der Bewegung bewahrt der „Pianist" mit seinen feinen Fingern ihren Sektkelch vor dem Verschütten. Er hat die Reaktion erwartet. Er kennt das ja. Souverän stellt er die Kelche beiseite, knackt einmal mit den Fingern und gibt sich ans Werk. Es geht schnell. Höschen, BH und Ria liegt ohne da. Tittchen, blanker Schlitz, doch so ist es nicht schön, findet er. Da muss etwas mehr.

Als er Minuten später die Wohnungstüre für seine Kollegen öffnet, liegt sie auf dem Rücken mit ausgebreiteten Gliedern, nackt gestützt in den Kissen.

Sogar das Haar, ihre Locken hat er drapiert, denn der Pianist mag es schön.

„Ahi, está en el dormitorio", spricht er freundlich und reicht seinen Freunden die Hand, schließt die Türe hinter ihnen. Der eine muss die schwere Tasche von rechts nach links wechseln, denn die Tasche ist wichtig, dafür sind sie ja da.

Da stehen sie nun zu dritt und Ria liegt aufgebahrt auf dem Bett in dieser Präsentation. Typisch Pianist. „¿Quieres tomar algo? Tengo champán", fragt er entspannt. Sie haben alle Zeit der Welt, niemand drängt, sie dürfen, weil sie können und Sekt dazu wäre nett. Die Flasche ist ja schon entkorkt und wartet auf sie.

Das mit Ria auf dem Bett ist Kür. Das ist selten und selten so schön. Der Dicke hat bereits die Tasche abgestellt und schaut sehr interessiert. Das Angebot – dunkelblonde Locken, dieser Körper, wehrlos, blass, rasiert und nackt – ist verlockend gut.

„¿Esta permitido?", fragt er freundlich und „Si claro, hazlo", rät der Pianist. Er lässt den Vortritt, höflich, wie er ist.

Kapitel XXI

Irgendetwas stimmt nicht oder Ria hat den Kater ihres Lebens. Auch das könnte es sein. Sie will einfach nicht erwachen, egal, was Freddy unternimmt. Das Leben will nicht zurück in ihren schlaffen Körper und sie bekommt die Augen nicht auf.

Zunächst war noch alles wie immer. Ria ohne Sachen im Bett und kreuz und quer liegt sie unter dem Laken – typisch.

Aber sie ist besonders blass heute und nicht ansprechbar. Ja, sie war gestern aus auf der „Piste", ja, und vielleicht ist es spät geworden, mag sein. Freddy weiß davon, aber es ist Mittag und Ria kommt nicht klar. Nur einmal hat sie bis jetzt die Augen geöffnet, ist dann zur Seite gekippt und hat sich zusammengerollt in ihrer Decke. „Hdedm meimft Kopf", hat sie sie gegrummelt und Freddy hat sie noch eine Weile schlafen lassen, aber jetzt reicht es.

Es dauert zehn Minuten und einen Orangensaft mit Kardamom und Ayran und einer Prise Kerosin – so hat es Hamit aus dem Kiosk geliefert für sie - und Ria wird endlich wach. Mit halb geöffneten Augen hängt sie unter der Decke und Freddy hält ihre Hand.

„Boah Ria wirst du krank? Das ist doch kein Kater!", ist sie besorgt. Dieses nackte Bündel Freundin da unter der dünnen Decke auf dem Bett an der Wand ist mehr Leiche als lebendig. Es muss eine sehr harte Nacht gewesen sein.

In Ria flimmert es. Sie weiß nicht mehr viel. Eigentlich war es lustig. Sie ringt mit dem Kopfschmerz, macht Grimassen, haucht so ihrer Muskulatur ein wenig Leben ein. Da dämmert eine Erkenntnis. Da war jemand. Der junge Mann mit den starken Augenbrauen. Er war sogar hier, hier im Zimmer ... fällt ihr ein. Da ist diese Szene, sie sitzt auf dem Bett ... und ihr Puls zieht an. Sie wird wach.

„Ich glaube, die haben ich vergiftet", haucht sie und schaudert. Speiübel ist ihr, ihr Kopf dröhnt und alles ist flau. Es ist erbärmlich und Denken kaum möglich.

„Was?", haucht Freddy unverständlich. Sie nimmt ihrer Freundin den Wunderdrink aus der Hand. Ria starrt jetzt mit weit geöffneten Augen.

„Da war einer aus Südamerika. Ich habe ihn mit nach Hause genommen, er war ... er war ... er gehörte dazu! Er hat mich vergiftet", grunzt Ria und blinzelt. Sie ahnt die Konsequenzen mehr, als dass sie sie spürt. So schwer ist ihr Kopf.

„Oh Gott, geht es mir schlecht", jammert sie und kippt den Kopf nach hinten in das Kissen. Mit geschlossenen Augen liegt sie da und schluckt hart.

„Kann ich was tun?", fragt Freddy lieb, doch Ria schüttelt müde den Kopf. „Sie haben mich vergiftet, aber warum?", murmelt sie in Richtung Zimmerdecke und Freddy verdreht die Augen. Jetzt geht das wieder los, ist ihr Gedanke. Die Sache mit den Gespenstern.

„Du bist abgestürzt", kontert sie genervt, doch Ria kippt den Kopf hin und her im Kissen. „Nein, das waren sie", haucht sie mit geschlossenen Augen. Wenn nur dieser Kopfschmerz nicht wäre. Sie denkt so langsam, als sei sie gelähmt.

„Ich fühle mich, als ob eine Horde Elefanten über ich gerutscht wäre", spricht Ria tonlos. „Jetzt hör mit der Scheiße auf, hier nimm noch einen Schluck. Der Drink mag tödlich sein, aber er tut dir gut", rät Freddy und hält das Glas für Ria hin.

Die rappelt sich auf, nimmt mühsam einen Schluck und hat eine Ahnung, eine Idee. Sie fasst in ihren Schlitz und flucht. „Scheiße, scheiße ....", jammert sie, denn sie ahnt, was passiert sein muss. Jetzt ist Freddy auf Alarm. Sie hat verstanden und sitzt kerzengerade neben ihr.

„K.O.-Tropfen! Dir hat einer K.O.-Tropfen gegeben", kreischt Freddy auf. Die Sache ist sonnenklar, alles eindeutig. Ihrer Ria ist es passiert, doch die schaut sie nur müde an aus geschwollenen Augen und wagt nicht den Kopf zu schütteln aus Angst vor dem Schmerz.

„Das waren sie!", haucht sie ohne Kraft. Und sie sind über sie, über sie drüber, weiß sie auch. Sie war nicht ausgezogen, und-aber jetzt ist ihr Schlitz voll mit zäher Brühe. Sie spürt es, spürt das Echo davon überall.

„Boah, jetzt hör auf mit der Scheiß Kartell-Wichse, das ist Phantasie, dir hat einer was ins Glas getan!", ist Freddy aufgebracht, denn diese fixe Idee regt sie nach all den Monaten einfach nur noch auf.

Ria fährt sich mit der Hand durch das Gesicht. Ihr Zustand ist erbärmlich. Es knistert. „Was ist das denn?", fragt Freddy verwundert und Ria hält inne. Trübe fällt ihr Blick auf die Frischhaltefolie. Dicht und kompakt und beinahe zart ist sie gewickelt um ihr Handgelenk. Es dauert Sekunden, ihr Gehirn ist blockiert, zähe wie aus Brei. Dann kommt der Schrei!

Das dauert jetzt ein wenig, sowohl für Freddy als auch für Ria. Beide haben jetzt Schwierigkeiten, die Situation zu verstehen, nur sind die Gründe verschieden.

Ria kämpft mit dem Zustand ihres Körpers. Sie ist einfach nicht auf der Höhe, fühlt sich demoliert, derangiert, wie von Elefanten gefickt, hat höllische Kopfschmerzen und ist grenzenlos erschrocken.

Sie weiß, sie muss in Klarheit kommen, und zwar zügig und so schluckt sie in einem Zug den tödlich-wiederbelebenden Drink von Hamit herunter, Kerosin hin oder her.

Es hilft. Ihr ist nicht mehr ganz so schlecht, oder jetzt aus einem anderen Grund. Aber ihr Kopf wird klar und Adrenalin rauscht in Überdosis durch ihr Blut. Ja, sie hat das schon richtig verstanden, was das da an ihrem Handgelenk ist.

Freddy hingegen braucht Minuten, um zu verstehen, dass all diese Gespenstergeschichten Rias, diese Ideen verfolgt zu werden und vielleicht sogar belauscht, der Wahrheit entsprechen. In den ersten Minuten konnte es nicht fassen, musste beinahe würgen und schlucken und sich die Augen reiben, aber da ist kein Zweifel, jetzt nicht mehr. Da, das, an Rias Handgelenk ist echt!

Ria bebt und es schüttelt sie. Jetzt, wo sie die Folie abgezogen hat, sieht sie es. Noch ist es ein wenig entzündet, die Ränder um das Tattoo sind gereizt und gerötet, aber eindeutig: Jetzt hat sie es auch.

Patient 504 hatte es. Der Angeschossene auch. Und jetzt sie. Ria starrt auf ihr Handgelenk. Sie blinzelt und versucht zu verstehen. Beide Frauen hocken auf dem Bett und können nicht glauben, was sie sehen.

Betont tief atmet Ria ein und aus, will von der Panik fort, will in die Sicherheit und klares Denken.

„Was ist das?", will Freddy wissen, denn sie weiß nicht genug. Zärtlich hält sie Rias Hand, greift natürlich nicht in das Tattoo.

„Das ist ein Symbol der Azteken, von irgendeiner aztekischen Stadt oder so", erklärt Ria heiser, bemüht sich, dass ihre Stimme nicht bricht.

„Und wieso ...?", will Freddy weiter wissen und spricht es nicht aus. „Sie ... sie benutzen es als Erkennungszeichen, der innere Kreis", spricht Ria und es schnürt ihr die Kehle zu. Es ist unwiederbringlich. Das ist kein Abziehbild, keine Malerei, das ist echt und unter ihrer Haut. Einmal kneift sich Ria in den Unterarm, leider wacht sie nicht auf. Alles ist real.

Ihre Gedanken wandern. Dieser Mann, dieser schüchterne junge Mann, genau dem, dem sie vertraut hat, genau der mit den schönen Händen hat sie betäubt. Dann hat er oder haben sie sie ausgezogen in ihrer eigenen Wohnung, vergewaltigt wahrscheinlich, nein, sicher, haben sie. Das Tattoo wurde ihr eingraviert und vor dem Verschwinden haben sie artig die Sektkelche gespült. So oder so ähnlich muss es abgelaufen sein. Und Ria weiß, dass es mehrere waren. Irgendwie weiß sie es. Der junge Mann, Roul, oder Raul oder Rol, war nicht allein.

Ohne es zu bemerken, hat Ria die Gedanken laut ausgesprochen und mit großen Augen schaut Freddy sie an. Pures Entsetzen. Ihre Blicke treffen sich und über eine Minute tasten sie einander ab. Freddy ist bodenlos, Ria ist traurig. Sie ist traurig, denn das war nicht nett, von dem jungen, schüchternen Mann. Sie hat ihm doch vertraut. Voll gemein ist das.

„Das war nicht nett von ihnen", murmelt Ria traurig und schaut auf ihr neues Tattoo. Freddy blinzelt, schüttelt kurz den Kopf, denn sie meint, sie habe sich verhört.

„Du musst zur Polizei", flüstert sie, doch Ria schüttelt wieder den Kopf. „Nein, wozu?", murmelt sie zu sich selbst und dreht das Tattoo gegen das Licht.

„Wozu?", kreischt Freddy fassungslos. „Sie haben mich besucht, so machen sie das", spricht sie, ohne Ahnung zu haben, wie Besuch der Azteken abläuft. Sie kennt deren Gepflogenheiten nicht. Sie spürt das Entsetzen ihrer Freundin, es setzt sich fort und baut sich auf, doch Ria will nicht. Sie will nicht zur Polizei, sie will nicht streiten, nicht diskutieren. Sie lässt sich zur Seite kippen und legt ihren Kopf auf Freddys Schoß. Ein bisschen weint sie, streicht sich die Tränchen aus dem Gesicht und betrachtet ihr Geschenk aus Südamerika. Was für ein Aufwand! Was für ein Theater, nur dafür, nur für das Tattoo! Und wozu? Aber diese Frage bleibt unbeantwortet einstweilen, sie muss zunächst einmal begreifen.

Die Haut ist ein wenig entzündet, oder zumindest ein wenig gereizt und glänzt fettig eingecremt, war konserviert unter der Frischhaltefolienhaut.

Und das Tattoo an sich? Eigentlich ist es ganz gut gemacht. Der Strich ist fein, die Schattierungen sauber und es wirkt perfekt.

Kapitel XXII

Nur fünf mal vier Zentimeter in der Fläche misst die schwarzweiße Zeichnung auf ihrem Handgelenk. So klein es ist, es verändert alles. Ab diesem Moment, ab diesem Erwachen im Schreck gegen Mittag ist alles anders.

Egal, was Ria tut, egal, was sie macht, ständig wird sie daran erinnert, dass da die Azteken in ihrem Leben sind. Das ist an für sich nicht neu. Immer waren da ja die letzten Monate diese Angst und die Gespenster, seit dieser unheilvollen Szene mit Patient 504, aber jetzt: Es ist unübersehbar, nicht nur für sie. Auch andere sehen dieses Symbol, auch wenn niemand weiß, worum es geht. Es könnte eine ausgefallene Zierde sein, ein ungewöhnliches Motiv.

Ria ist wahrlich nicht die Einzige mit einem Tattoo am Handgelenk.

Schon hat sie überlegt, ob sie sich ein anderes Tattoo machen lässt, an einer anderen Stelle, ein großes, schönes nach ihrem Geschmack vielleicht. Dann wäre es nicht so solo, nicht so isoliert und besonders und sie damit besonders markiert. Markiert – genau so kommt sie sich vor und-aber kein anderes Tattoo kann das ändern. Deshalb belässt sie es.

Natürlich hat sie darüber nachgedacht, es sich „weglasern" zu lassen, da das heute möglich ist. Doch eine Stimme in ihr mahnt, das sei keine gute Idee. Die Azteken haben sich mit ihrer Tätowierung etwas überlegt, da ist sich Ria sicher, sie hat nur keine Ahnung was, und das quält.

Und nicht nur das.

Dieses dumme kleine Bildchen auf ihrem Handgelenk hat einen Spalt in ihre so betörend schöne Verbindung mit Freddy getrieben. Damit ist die Unschuld verloren, denn es ist Thema ihres ersten echten Streits, der kein Ende nehmen will. Latent schwingt mit, dass ihre Freundin nicht einverstanden ist. Sie findet es nicht richtig. Ria muss zur Polizei damit, unbedingt. Das war eine Straftat, Körperverletzung und mehr noch: Es war ja nicht nur dieses Tattoo, es war ja auch Vergewaltigung – vielleicht – und so schwingt immer sichtbar unsichtbar zwischen ihnen dieses Thema. Unsichtbar, da ständiges Tabu, sichtbar, da unübersehbar an Rias Handgelenk.

So ist es mit Freddy nicht mehr das, was es einmal war: unbeschwert. Andererseits: In welcher Beziehung hält die Unbeschwertheit länger als drei Monde vor? Vielleicht sind die beiden jungen Frauen auch einfach nur erwachsen geworden.

Zwei weitere beachtenswerte Szenen gab es in den folgenden Wochen. Da war zum einen das an Cedriks Grab. Ria weiß selbst nicht so genau, was sie auf diesen verhassten Friedhof getrieben hat. Plötzlich stand sie da und weder Stein noch Fassung seines Grabes waren gesetzt. Der Steinmetz war wohl noch nicht so weit, das Grab noch scheinbar frisch.

Wenn auch nicht mehr so ganz. Frische Blumen ja, aber nur ein Strauß und auch das provisorische Kreuz. Der

Lack bereits ein wenig stumpf, war es in die Erde gedrückt und stand ein ganz, ganz wenig schief. Was Ria sehr störte. Das hätte Cedrik gehasst. Keine rechten Winkel und dann schwarze Schrift auf weißem Grund. Bei ihm, und nur bei ihm, hätte es umgekehrt gehört.

Egal. Das war es nicht. Das war nicht das Befremdliche, nein, es war ihr Stolz. Da stand die Ria vor Cedrik und alles war so anders. So hatte sie noch nie gestanden. Da war ein Stolz, den sie bis zu diesem Moment noch gar nicht kannte. Mit drei Fingern strich sie über ihr Tattoo aus Südamerika und hart wurde ihr Blick. Etwas, was die Krankenschwester – hier nicht in Blau und ohne Crocs – so von sich nicht kannte. Sie hob das Kinn und da war ein Gefühl, als ob sie vom anderen Lager sei. Als sei Cedrik nun eine Art Gegner, jemand, der der anderen Seite angehörte und zugleich – etwas verwirrend – schwor sie Rache. Rache für ihn.

Mehr nicht. Mehr Gefühle waren es nicht, allerdings: Sie wichen nicht. Sie blieben. Übrigens für immer. Rache sollte sein. Es war kein Beschluss, es war einfach da. Rache für Cedrik den geliebten Feind.

Und dann das zweite im Supermarkt. Die zweite Merkwürdigkeit. Das war ganz klar Feindschaft, kein Zweifel, das Gefühl war kristallklar:

Ihr Schwarm in roter Lederjacke vor den Dosensuppen. Eine Begegnung während des Einkaufs. Die Oberkommissarin mit Einkaufswagen schaute zu Ria und Ria schaute zurück. Keine Begrüßung, keine Frage, nur ein Blick über den Gang. Wohl blieben beide stehen und maßen sich in unerklärter Gegnerschaft. „Die da" die Polizistin, „sie hier" die markierte Aztekin. Ja, so wars. Ab dann.

Da war ein Zwinkern bei der Oberkommissarin, ein Zucken im Gesicht, des Mundes, das vielleicht ein Lächeln war. Sie formte Worte, doch sprach sie sie nicht, doch Ria verstand: „Viel Glück".

Ria nickte bloß und dankte ihr und der Schwarm verflog.

Ria und das Tattoo und der Alltag. Die Tage fließen im Gewöhnlichen, alles entwickelt sich so vor sich hin und in Wahrheit wartet alles. Ria wartet. Machen wir uns einmal nichts vor. Das Tattoo erinnert sie daran, jeden Tag: Sie wartet auf den Anruf aus Südamerika.

Kapitel XXIII

Der Überraschungseffekt ist daher gleich null. Wie berichtet, Ria wartet darauf und so verwundert es nicht, dass sie mit Erleichterung Patient 504 in der Leitung erkennt. Mit mehr Erleichterung als Angst diesmal, denn nun weiß sie, wohin sie gehört.

Samstagnachmittag, kein Dienst. Ria hat frei, war im Aufbruch, hatte die Jacke schon in der Hand, steht vor ihrer kleinen Garderobe, da war er da, der Anruf mit der Nummer aus Südamerika.

„Sagen sie einmal, wie machen sie das? Ich kann ihre Nummer sehen, das kann man doch nachverfolgen. Was ist der Trick? Haben sie die ganze Telefongesellschaft gekauft mit ihrem Verein?", frotzelt Ria bester Laune. Ihr ist danach. Es ist diese Erleichterung. Nichts ist schlimmer und bedrückender als Angst vor Ungewissem. Jetzt ist Sicherheit, denn ihre Angst ist endlich da. Endlich! Sie feiert es mit Leichtigkeit und Handy in der Hand.

Ihr Gegenüber schweigt. In Sekunde drei ist Ria klar, ihre lustige Vermutung traf ins Schwarze. Ja sie haben! Jeder, der heutzutage etwas auf sich hält, hält sich eine Telefongesellschaft zwecks reibungslos funktionierender Kommunikation. Zumindest die größeren. Die Idee ist gut und genial und davon zu wissen hat tödliches Potential.

Was ihr bleibt, ist die Hoffnung, Patient 504 hat bei aller Professionalität im Verbrechersein Sinn für Humor. Das hat man halt davon, wenn man als Verbrechersyndikat eine Krankenschwester involviert. Eine wie Ria.

Sie kann nicht ahnen, dass genau das sein Gedanke ist. Er schmunzelt nämlich doch da drüben auf dem anderen Kontinent, Patient 504 und schlägt Ria in Gedanken bereits für eine Beförderung vor. Sie versteht so schnell, die junge Frau. Ungewöhnlich ...

„Wie kann ich helfen? Etwas Medizinisches?", fragt sie endlich und sprengt so die gefährliche Stille. Jetzt schlägt Rias Herz doch sehr, sehr schnell. Jetzt ist es wieder da, das Gefühl für Gefahr.

„Nein, nein, es ist ein Botendienst. Doch ...", spricht er und zögert und ganz fest presst Ria ihr Handy gegen ihr Ohr. Nichts verpassen will sie jetzt. Sehr genau hört sie hin. „... es wäre gut ... können sie Haken schlagen? Wissen sie, was ich meine?", fragt er und Ria hat verstanden, ja, sie wedelt mit der Hand in der Luft herum, als sei Haken-schlagen ihre Spezialität.

„Kleinigkeit. Mein letzter Freund war Narzisst und voller Eifersucht, ich bin geübt. Ich bin ein wahrer Hase, aber wir haben uns getrennt", erklärt sie sehr leger. Die Leitung schweigt und Ria grinst. Ja ihr Herz pocht schnell, es ist die Angst. Trotzdem stimmts und der kleine Hinweis auf Cedrik musste sein. Irgendwie am Rande hat ja auch Patient 504 mit ihrem Ex zu tun. Der Befehl zu löschen, kam von ihm.

„Folgendes ...", spricht er unbeeindruckt und Ria hört gut zu.

Es ist absolut simpel. Der Job ist einfach. Irritiert hat Ria nur ein Detail.

So hat ihr Boss erklärt, in ihrer Garderobe unter all den Sachen hinge bereits ein Rucksack für sie bereit. Und … es stimmte. Sie stand daneben mit dem Handy in der Hand die ganze Zeit. Das irritiert und für einen kurzen Moment, maximal fünf Sekunden, war es schwarz um Ria. Sie waren da! Sie waren in ihrer Wohnung, haben das weinrote Ding aufgehangen und … Ria fragt sich wann. Sie hat keine Ahnung und diese Angst, dieses Detail liegt wie eine Klammer um ihr Herz. Sie gehen ein und aus bei ihr.

Der Rest ist easy und genau wie am Telefon besprochen.

Quer durch die Stadt in ein Chinarestaurant. Da war sie noch nie, ist immer nur vorbeigegangen. Unverdächtig mitten in der Stadt ist es und gar nicht teuer, lockt die Passanten mit All-in-Buffet.

Ihren Rucksack hat sie an die Garderobe gehängt. Ihren Rucksack, der nicht ihrer ist und ab zu Toilette. Vor Nervosität wäre sie zwischen Waschbecken und Papierhandtuchspender zwar beinahe umgefallen und der Toilettengang war echt, denn alles treibt es ihr vor Angst aus dem Gedärm.

Raus aus dem China-Imbiss-Restaurant-Verschnitt ohne Blick nach rechts oder links ist sie, und der Rucksack war schwerer als zuvor, ganz klar. Es war nicht ihrer, nur der gleiche.

Natürlich schaut sie nicht hinein, Ria will leben und um sie rauscht die Stadt die Passanten und sie schlägt Haken, Haken wie ein Hase schlägt mit Bussard im Nacken, achwas, wie mit sieben Adler. So viele Haken und Drehs waren es – sie kennt ja die Stadt -, dass ihr selbst schon schwindlig ist.

Noch eine Rückversicherung in einer einsamen Gasse und sie wird nicht verfolgt. Ganz sicher das ist.

Und weiter nach Hause mit zittrigen Fingern gerade so die Haustüre aufgeschlossen, dem bekloppten Hamit gewunken, der auf dem Absatz seines Rumpel-Kiosk steht und Übergabe. Es ist eine Art Vorbeiflug. Etwas – jemand – ein schwarzes Mensch-Ding schießt an ihr vorbei aus dem Gespensterloch und die Treppe hinauf und den Rucksack ist sie los. Genau wie vereinbart. Es dauerte Sekunden, mehr nicht. Sie hat nichts erkannt, ihr Blickfeld ist eh viel zu eng, um etwas zu sehen. Nur einen Punkt kann sie fokussieren, nur genau die Mitte und fünf Anläufe braucht sie und endlich gleitet der Schlüssel ins Schlüsselloch und sie ist drin in ihrem Flur unter leisen Flüchen und die Türe fällt zu.

Ria kotzt. Im Flur und sofort auf der Stelle erbricht sie sich auf den Boden. Sie wischt es nicht auf, muss sich abreagieren. Sie läuft in der Küche im Kreis, baut Adrenalin ab, bemerkt, sie hat sich bekleckert, wechselt übereilig die Kleidung, als habe sie einen Termin und steht im Sommerkleid und zittert. Langsam, ganz langsam weicht der Stress zurück.

Und-aber-neuer-Schock in der Türe dreht der Schlüssel! Er dreht sich und dreht und Ria ist entsetzt, so erschrocken, dass sie senkrecht in die Luft springt und ... es ist Freddy. Erstaunt steht die liebe Freddy in der Türe und fragt – nicht ganz unbegründet – „Was ist das für eine Bescherung?"

Diese Umarmung tat gut, die war nötig. Ria ist erleichtert. So erleichtert, so erleichtert, dass sie keine Worte findet, und Freddy ist sehr geduldig, wartet ihren dringenden Wunsch nach Erklärung ab.

„Ich hole erst einen Schrubber für die Kotze, okay?“, bittet Ria und ihre Freundin ist sehr einverstanden, denn das Erbrochene stinkt. Jeder der sich einmal auf der Flucht vor einem Kartell erbrochen hat, kennt diesen galligen Geruch. Unerträglich.

Ria ist leer, wie betäubt, aber erleichtert. Selbst der Abstieg in das Kellerloch, da wo bekanntlich die Gespenster hausen, macht ihr nichts aus. Sie hat dieses Gefühl, ihr könne nichts mehr passieren. Sie hat eine Schlacht geschlagen und ... ist entkommen. Auftrag erfüllt. Alles lief genau nach Plan, der wahrlich gar nicht ihrer war.

Den Schrubber sucht sie zusammen in der schäbigen Waschküche. Hier ist es düster und stickig und nur ein Kellerlicht gibt es mit Spinnweben darin und die Fliesen sind schief verlegt.

Oben im Treppenhaus hört sie Gepolter. Einer der Mieter läuft die Treppe herauf oder herunter oder es sind die Bekloppten aus dem zweiten Stock mit ihren riesigen Hunden.

Jetzt fehlt noch der Aufnehmer. Es ist ein Kreuz, denn alles ist so durcheinander hier unten. Ria nimmt sich die Zeit und trinkt einmal am Zwillingswasserhahn der Waschmaschine und verwässert den galligen Geschmack im Mund. Widerlich ist das. Drei mal atmet sie tief durch und lächelt. Was für ein Stress!

Freddy liegt im Flur in unmöglicher Haltung halb gegen die Wand gelehnt, als sei in ihr noch Leben. Da ist eine Spur in Rot gar nicht groß an der Wand, ein Spritzer.

Loch im Kopf und Freddy lächelt nicht. Blut am Kleidchen in Höhe ihrer Brust.

Ria schwankt im Türrahmen, hält sich fest. Es sieht so echt aus, so unglaublich echt, als sei ... als sei ... und Ria versteht: Freddy ist nicht mehr, nur noch Hülle. Die Giraffe liegt am Boden, leblos mit gebrochenem Blick.

Ria zittert. Einmal dreht sie sich in abgehackten Bewegungen im Kreis auf der Stelle. Sehr vorsichtig, in sehr vorsichtigen Schritten betritt sie den Flur, gleitet auf die Knie und Freddy ist noch widerlich warm.

Es muss ... es kann nur ... es ist geschehen, als sie im Keller war, der Schrubber, der Eimer ... die Gedanken rauschen. Sie hat das Poltern nicht bemerkt vorne alles fallen lassen, Schrubber, Stil und Eimer.

Ria tritt die Wohnungstüre zu, mit fahrigen Bewegungen richtet sie sich auf, gleitet einmal aus in Freddys Blut. Sie könnte schreien, weinen, kreischen, tut aber nichts davon, sondern stürmt in die Küche.

„Warum, warum, warum habt ihr sie umgebracht?“, brüllt sie in den Hörer. Patient 504 ist an den sein Handy gegangen, hat ihr Gespräch angenommen. War ja einfach, die Nummer hat sie ja. Und er hat abgehoben. – Was sie nicht erwartet hat. Sie wollte nur ... sie wollte nur ... sie wollte ihn sprechen.

Pause. „Wen umgebracht?“, fragt er ruhig. „Freddy, meine Freundin, meine Freddy, meine Freddy, meine Freddy“, wimmert Ria und sie bebt. Sie muss sich setzen, auf den Boden ganz schnell, denn der Boden unter ihrem Boden wankt.

Aber jetzt auf dem Küchenboden sieht sie Freddy im Flur, ihre Freddy so tot wie noch nie und entsetzt dreht sie sich herum. Sie will das nicht sehen.

„Ihre Freundin ist was?", fragt er langsam in diesem warmen Akzent und Ria kann einen klaren Gedanken fassen. Es ist der erste, seit ... seit ... Sie kauft es ihm ab. Er ist überrascht. Es ist nicht gemogelt. Er weiß nichts von Freddy, nichts von dem hässlichen Loch in der Stirn, der so gar nicht zu Freddy passt, so wie sie sie kennt. Ja, er lauscht Ria, der kleinen Krankenschwester ehrlich interessiert.

„Meine Freundin, sie liegt hier, sie liegt hier bei mir, sie liegt im Flur", wimmert Ria. Sie ist überlastet, es ist mehr als das, es ist viel zu viel. Sie klammert sich an ihr Handy, stützt sich auf dem Boden ab.

Es dauert, bis eine Antwort kommt. „Sie sind zurückgekehrt und jetzt ist ihre Freundin tot?", folgert er langsam. Ria nickt, als ob er es sehen könnte. „Erschossen, erschossen im Flur", spricht sie und ahnt, was jetzt kommt. Sie steht schon vor der Türe: Ungeahnte, neue Angst.

„Das waren wir nicht", spricht er ruhig und Ria – das ist das Schlimmste – glaubt ihm. Er lügt nicht!

Sie weiß es ganz bestimmt. Jetzt wirklich verwirrt krabbelt Ria mit Handy in der Hand hinüber in den Flur auf allen Vieren, denn sie traut ihren Sinnen nicht. Weder dem Gleichgewicht noch den anderen. Sie schleicht sich an ihre Freundin an, die da so verkrackselt liegt, so bedauerlich tot. Sie hebt einmal die schöne, liebe, heilige Freddy-Hand und lässt sie wieder fallen. Die Hand die so oft ... Ria denkt den Gedanken nicht weiter. Die Hand patscht auf den Boden mit hässlichem Geräusch. Das ist ein Test, den Ria sehr bereuen wird. Immer wieder wird sie daran denken, noch ganz oft. Und an das Geräusch, dieses Patsch.

Aber, was sollte sie machen? Sie steht unter Schock und wie soll sie begreifen, dass Freddy nicht mehr Freddy ist?

„Sie ist tot. Total tot", spricht Ria in den Hörer und Patient 504 hat geduldig gewartet.

„Könnte man sie und ihre Freundin verwechseln?", fragt er höflich. „Ja, ja schon", haucht Ria und hält Freddys leblose Hand. Sie versteht nichts mehr. Null. Nur noch ein bisschen neben ihr will sie, nur noch einen Moment Freddy. Was soll sie nur tun ohne sie.

„Sie müssen da weg. Sofort!", spricht er tonlos und Ria begreift. Es ist diese Tonlosigkeit, diese Tonlosigkeit schreit nach Gefahr.

„Sie müssen jetzt da weg, jetzt! Es wird ihnen auffallen, und sie kommen zurück, sie kommen zurück", wiederholt er. „Wer? Die Anderen?", fragt sie. „Die Drachen?", fragt sie nach, und nach kurzem Zögern knarrt aus dem Hörer ein „Ja".

Ria bebt. Schon wieder. „Die Drachen!" Azteken, Drachen – verbotene Wörter. Ja, Ria steht bereits aufrecht in ihrem Flur. „Gehen sie zum Bahnhof. Sofort. Werfen sie das Handy weg, sie werden abgeholt", erklärt er. „Und von wem? Wie erkenne ich?", fragt Ria ängstlich.

Die Situation kommt an, sie begreift. Vorläufig. Vorläufig aus der Not, denn ihr Verstand versteht die neue Gefahr. „Sofort, jetzt, ahora", spricht er und es klingt beinahe besorgt. Ria legt auf und macht einen großen Schritt über Freddys Bein. Der Winkel, in dem die Beine ihrer Freundin grätschen ist widerlich.

Beinahe ist Ria schon durch die Türe, da hält sie inne. Sie schießt ein Foto von Freddy, ein letztes „Ich liebe dich!", doch Freddy bleibt mit Loch im Kopf und antwortet nicht ... Ria schreit, nur einmal kurz, nur so für sich, ganz privat zum Abschied. Ihre Seele leert sich und dann schickt sie das Foto ab.

Hamit. Fünf Meter vor ihr steht er, als sie aus der Haustüre auf den Bürgersteig stolpert. Er hat das Pflaster überquert, trägt den Korb mit Milch, Butter und Gemüse, die wöchentliche Lieferung, ihr Abo. Ria funktioniert. Die paar Schritte bis hierhin und schon ist etwas Klarheit in ihr, doch sie stottert. Ihre Worte stolpern:

„Das ... ach Hamit ... ich ...", rattert sie und dreht sich zur Haustüre um. Zugeschlagen. „... stell es mir einfach in den Flur Okay? Du hast ja den Schlüssel. Ich muss los", spricht sie atemlos und Hamit nickt. „Ja, sicher junge Lady, alles, was du willst", antwortet er verwundert, aber akzeptiert. „Mach es gut Hamit", haucht sie verwirrt und rennt los. Ria rennt. Ria rennt um ihr Leben! Sie sind ihr auf den Fersen, die Drachen, jetzt kann sie es spüren. Sie sind ihr auf den Fersen, schnell, schnell, schnell zum Bahnhof.

Kapitel XXIV

Es ist, als sei die Zeit kaputt. Alles ist in Zeitlupe und darf es nicht. Die Menschen, all diese Menschen, wie sie in die verschiedenen Richtungen laufen, mit und ohne Koffern, mit Taschen und Hunden an der Leine und nichts wissen.

Ria hat den Bahnhof erreicht. Es war ein Sturz, eine atemlose Flucht in Verzweiflung. „Ich liebe dich!", hat sie gebrüllt und ist gerannt und gerannt und gerannt. Für Freddy für Cedrik für alle anderen, die sie liebt oder auch nicht. Dabei hat sie ihr Leben gemeint. Sie ist um ihr Leben gerannt, denn es eilt.

Das Handy hatte sie weggeworfen, sofort und ganz weit irgendwohin und dann Spurt.

Jetzt sitzt sie hier seit zwanzig Minuten und hat keine Zeit. Sie muss warten, warten, warten und sitzt auf dem schmalen Plastiksitz auf Gleis eins, das Bahnhofsgebäude im Rücken und hält ihre blanken Knie umklammert. Nur das Kleidchen und die dünnen Sandaletten, mehr hat sie nicht. Nur sie hat sich ganz allein.

Sie hat ihm geglaubt von Zimmer 504. Ja, sie hat es gespürt, höchste Gefahr. Keine Zeit für nichts und auch jetzt auf Bahnsteig eins ist nicht alles vorbei. Es ist noch nicht überstanden, denn die Zeit rinnt und rinnt und rinnt. Ihr Vorsprung schmilzt.

Hamit muss Freddy gefunden haben, der arme. Der arme, arme, arme. Was für ein Bild muss das für ihn sein! Was für eine Szene! Er mochte Freddy doch! Er mochte sie auch, es war doch nicht nur Fick und Scherz. Das war ein Fehler von ihr, sie hätte ihn nicht ... aber ... egal.

Ria ist leer und müde und atmet flach. Sie kann nicht zurück. Freddy im Flur. Freddy im Flur, Freddy im Flur und Patsch macht die Hand auf dem Boden.

Was für Fragen würde das geben? Sie kann nicht erklären, niemandem. Wie könnte sie? Ria blinzelt und sieht Bob über sich, Bob, den wütenden Polizisten in Anzug, jetzt besonders, besonders, besonders wütend. Es ist nur Gedanke, nur Illusion, nur aus Angst geborene Phantasie. Eine Pfeife trällert in der Realität und der Zug fährt ab von Gleis eins.

Ria schaut rechts, schaut links und wieder zu Boden. Viel Vorsprung bleibt ihr nicht. Sie – wer auch immer – müssen sie finden und sind auf ihre Fährte und dann ...

Sie sind hinter ihr her. Ria schließt die Augen, hängt vornüber, senkt ihre Stirn auf ihre Knie. Egal, was sie tut, sie ist geliefert, sie steht dazwischen. Hinten die Drachen, vorne die Azteken und nicht ganz so weit, knapp hinter ihren Fersen die Polizei.

Freddy ... Freddy ... Freddy ... denkt sie und spürt nicht, dass sie weint. Die Tränen rinnen unbemerkt und tropfen von ihrem Kinn.

Dann aber der Schatten. Sie fühlt ihn und richtet sich auf, langsam und vorsichtig. Sie sind da.

Es sind zwei und Ria erschaudert. Zwei Männer und ähnlich sind sie einander sehr. Beide haben den Kopf geneigt, Glatze, Seidenanzug mit Glanz, einer in Taubenblau, einer in Creme. Zwei Mal Südamerika. Ria schluckt, denn sie weiß, es ist vorbei. Endstation auf Gleis eins. Sie hat sich verschätzt. Das war ein gewaltiger Fehler, ihr letzter.

Zögerlich, zitternd, bangend schiebt sie ihre Hand vor, dreht sie so, dass ihr Handgelenk zu sehen ist, und hofft auf das Tattoo. Die Männer, die Henker, reagieren nicht, bewegen sich nicht und Rias Kleidchen ist so unverschämt dünn.

Auf dem Bahnsteig geht das natürlich nicht, das sieht Ria ein. Zu viele Menschen, zu viele Zeugen. Also taumelt sie mehr, als dass sie geht, und spürt die beiden im Nacken. Schritt für Schritt. Es ist elend, in Kohorte zu gehen mit Männern des Kartells. Sie weiß, dass sie sinnlos geworden ist, nur Zeugin ist, aufgebraucht, von keinerlei weiterem Wert. Es gibt keine Verwendung mehr.

So klar die Falle war, sie hat sie nicht gesehen. Patient 504 muss sie löschen, ist doch klar. Löschen, bevor die Polizei sie ergreift! Sie weiß zu viel und kennt Gesichter. Und der Transporter für sie ist auch schon da. Ein Van. Nicht neu, aber die Scheiben schön verspiegelt, damit man nichts erkennen kann.

Bahnhofsvorplatz, ein wenig in der Ecke, da hinter dem Platz, wo die Taxis drehen. So viele Menschen und niemand sieht, dass Ria stirbt.

Kein Wort haben ihre beiden Henker gesprochen. Brauchen sie nicht. Nicht nötig. Es gibt keine bessere Uniform für Henker als ihre in Seide Taubenblau und Beige.

Vor dem Van kommt Ria zum Stehen. Alles zittert an ihr, Hände, Finger, Knie, Locken. Ihre Kräfte schwinden und vorsichtig, ganz vorsichtig schaut sie zu einem der Henker. Ein rundes Gesicht, kleines Kinn, tadellos rasiert, feines Hemd in altweiß und unübersehbar der Schulterhalfter unter glänzender Seide in Taubenblau. Mann gewordene Gefahr und dazu dieses Schweigen.

„Kann ich noch etwas sagen?", fragt sie und die Türe des Vans schwingt auf. Er nickt minimal, zeigt keine Regung bei sehr dunklem Blick.

Ria steht und dreht ihre Hand um ihr Handgelenk, schluckt erbärmlich hart. „Ich ...", beginnt sie, winkt dann aber ab. „... ist egal", flüstert sie und ihre Stimme bricht.

„Wir müssen kontrollieren", raunt der in Seide-Creme hinter ihr und Ria fährt herum. Sie hat sich erschrocken, war schon vorbereitet für den Tod. Unbeirrt schaut er sie an mit geneigtem Kopf.

„Was?", haucht sie erstaunt. Er macht eine Bewegung mit beiden Händen, beschreibt so einen merkwürdigen Kreis in der Luft und – verwunderlich - Ria versteht. Verwundert starrt sie ihn an. „Wir müssen schauen", spricht jetzt der andere von hinten und wieder fährt Ria herum. Der in Taubenblau schaut genau gleich. Sie stehen rechts und links, hinter und vor ihr, je nachdem, wie sie sich dreht. Jetzt hat sie begriffen. „Mein Kleid?", fragt sie und er nickt.

Das ist einfach. Auch mit zittrigen Fingern bekommt sie die dünnen Trägerchen von ihren Schultern geschoben. Das Textil fällt hinunter und sie steht ohne, nackt und ohne alles vor dem Van, gleich neben dem Taxistand.

Mikrofone! Sie suchen Mikrofone – dämmert es ihr und neue Hoffnung keimt auf.

Ihr Kleid wird untersucht. Sie muss aus ihren Schuhen schlüpfen und der in Creme prüft und drückt die Sohle.

„Ihr wollt mich gar nicht umbringen", haucht sie, während sie versteht.

Nun ist da eine Spur Verwunderung in den Blicken der beiden. Sie schauen Ria an mit Falten am Nasenwurzelkamm. Dass sie ohne alles steht zwischen ihnen in lauer Innenstadtbrise ... nichts spielt weniger Rolle als das. Sie hat den positiven Verdacht, doch vielleicht, vielleicht noch eine Weile am Leben zu bleiben.

Die beiden wechseln einen Blick an ihr vorbei. „Nein", haucht der eine und auch der andere schüttelt minimal den Kopf. Ja, da schwebt in der Luft, als seien sie verwundert über den Gedanken und Ria fällt auf die Erde zurück. Mit einem Fuß war sie schon über den Fluss und wollte dem Fährmann die Münze reichen – gefühlt.

„Dann werde ich nicht gelöscht?", fragt sie hoffnungsvoll und sieht sehr niedlich aus. Das ist nicht schwer: Hübsche Frauen, die ohne Kleidchen verwundert auf Bahnhofsvorplätzen stehen, sehen immer niedlich aus. Aber Ria besonders! Noch glänzt ihre Haut sinnlich vor Schweiß und sie ist blass vor Angst und die Wangen doch schon wieder lebendig rot.

„Nein gar nicht", spricht der eine jetzt.

„Aber ich bin doch überflüssig. Ich bin doch unnütz", spricht sie und will jeden Irrtum ausräumen. Nicht, dass sich im entscheidenden Moment noch jemand im Auftrag irrt und sie aus Versehen nicht getötet wird.

„Nein, nein", raunt jetzt auch der zweite verwundert. Ja, es kommt sogar Bewegung in die beiden und einer zuckt mit den Schultern. Ria hat die Killer aus ihrem synchronen Konzept gebracht.

„Und wieso nicht?", fragt Ria verblüfft. Sie gehört doch auf die Todesliste, oder nicht? So viele Gefühle an einem Tag, sie hat den Überblick verloren. Soll sie jetzt tot sein, oder nicht? Was wäre besser?

„Du bist unsere Schwester", haucht er und jetzt ist es Ria, die verblüfft schaut. Sie sind Geschwister. Das wusste sie nicht, aber auch der andere nickt. Zwei zu eins, sie ist überstimmt.

Da tippt der in Taubenblau auf ihr Tattoo am Handgelenk mit zwei warmen Fingern und sie begreift.

Die Erleichterung ist wirklich, wirklich, wirklich groß! Vor lauter abfallender Anspannung ist sie beiden sogar um den Hals gefallen. Was für ein schöner Moment. Sie darf leben, vorerst. „Und Schwestern töten darf man nicht?", fragt sie sicherheitshalber. „Nein!", haucht der eine. „Total verboten", stimmt der andere zu und es klingt ein wenig naiv.

Ria kann ihr Glück nicht fassen. Das erste Mal ist sie so richtig stolz auf ihr Tattoo und weiß endlich, wofür es nütze ist. Die beiden haben auch eins, wenn auch ein anderes Motiv und der Fahrer des Vans ebenfalls. Er sitzt auf dem Fahrersitz, wie es sich für Fahrer gehört mit Bart und Knopf im Ohr. Der Van schaukelt angenehm und niemand kann hineinsehen in den Innenraum. Das ist nicht verkehrt, denn Ria ist noch immer nackt, sitzt auf der Rückbank zwischen ihren neuen Brüdern.

In all der Erleichterung hat sie den Jungs vorgeschlagen, dass Kleid und die Schuhe in einen Papierkorb gehören. Sie wollte nur noch weg, nur noch weiter und Kleidchen und Schühchen braucht sie nicht mehr und so ist sicher, dass keine Mikrofone oder Peilsender an ihr sind. Und in ihren Löchlein seinen auch keine versteckt, hat sie versichert und die beiden Profis haben sogar gegrinst. Das gebe es eh nur im Film haben sie erklärt, Profis wie sie sind. Ria kennt sich da nicht aus.

Also dann, Landpartie im Van mit ihren neuen Geschwistern. Ob es jetzt wirklich eine Landpartie wird oder nicht, weiß sie nicht, auf jeden Fall liegt die Stadt hinter ihnen und das ist sehr beruhigend, da sie befürchtet, dass in der Stadt leider, leider zu viele Drachen fliegen.

„Wo geht es denn hin?", fragt sie und sitzt gar nicht unangenehm sehr nackig zwischen den beiden sehr stattlichen Männern, die zwar sehr Mörder sind, aber nicht ihre. Ihr wollen sie nichts, nur anderen! Es klingt wie ein Detail, aber es ist entscheidend für Ria. Das zählt dann nicht im bedrohlichen Sinne, im erotischen aber schon. Killer hat etwas. Das hat Sex und Esprit und ihre beiden ... sind perfekt hübsch killerig. Hat was und dann gleich zwei! Welche Frau hat nicht einmal davon geträumt mit Killern einmal ... aber später davon.

„Bogota, es geht nach Bogota", antwortet der eine nun wieder cool. „Oh, das ist fein, fahren wir über die Brücke?", fragt Ria und beide schauen an ihr vorbei einander an. „Sie ist lustig", spricht Taubenblau und der andere nickt. „Ja", nickt Beige-Creme und schaut nach vorn.

„Sorry, sorry, sorry, ich bin ein wenig drüber. Ich dachte echt, ihr wollt mich killen oder löschen oder wie das heißt. Eh... was für einen Schiss ich gerade gehabt habe, das ist man wirklich wie neu geboren", erklärt sie eifrig und drückt ihre Hand auf ihr sehr nacktes Brustbein. Auf

Dauer geht das so ohne Kleidung nicht, ist ihr klar, das geziemt sich nicht, aber noch ist es ihr sowas von scheißegal. Sie will leben und Sex und dann, erst dann etwas anzuziehen, in dieser Reihenfolge!

„Ihr seht voll wie diese beiden Killer aus dieser Serie, ... na wie heißt die denn gleich ...", quasselt sie, schaut zur Decke des Vans und überlegt. Geduldig hören die beiden ihr zu. „Breaking bad, genau, kennt ihr das? Diese Zwillinge, mit den Seidenanzügen und den Cowboystiefeln und so, ach, schaut euch das einfach mal an ... eh Himmel, was hatte ich für einen Schiss, ich bin auch ein Pflänzchen, als würden mich meine Brüder umbringen, ich bin so dümmlich", plappert sie erleichtert und schüttelt den Kopf über ihre Naivität.

Die beiden geben einander High Five über ihrem Kopf hinweg. „Es funktioniert", rufen beide und freuen sich sehr über das Kompliment. Breaking Bad – genau so soll es sein.

„Was für eine gemeine Idee, wenn sich Killer als Killer tarnen, da steigt ja keiner mehr durch", stimmt Ria begeistert zu. „Ja, oder?", fragt der eine jetzt sehr kollegial.

Kurz treffen sich ihre Blicke. Da ist noch einmal ein Hauch an Gefahr, aber er verfliegt.

„Bin ich jetzt eine Aztekin?", fragt Ria begeistert. Ja, da sind rote Flecken auf ihren Wangen. So aufregend ist das alles und wie schön. Neues Leben: Alle drei Mörder im Wagen nicken. Auch der hinter dem Steuer mit dem Knopf im Ohr. Ja, sie ist Aztekin.

„Okay", antwortet Ria, lehnt sich zurück und atmet tief durch. Sie ist eine Aztekin. Der Weg war weit. Harte Arbeit war das, aber es ist so weit. Sie lächelt. Immerhin das. Aztekin und lebendig, das ist doch schon einmal was.

„Ihr müsst mir ganz viel erklären, ihr habt doch bestimmt so Kodex-Kram und sowas", spricht sie und wieder nicken alle drei. Unsicher schaut sie zwischen den beiden rechts und links hin und her, auch dem Fahrer schenkt sie über den Rückspiegel einen Blick.

„Ist sowas wie Begrüßungssex drin, oder verstößt das gegen irgendeine Regel. Also noch vor Bogota? Es drängt mir und die Brücke über den Atlantik ist so scheiße lang. Geht das irgendwie so zwischendurch? Ich bin sehr gefällig, versprochen. Ich halte still oder mache mit, je nach Wunsch", fragt sie zögerlich. Doch die drei können sie beruhigen in dieser Angelegenheit. Verwandtschaft hin oder her, ihrem Wunsch steht nichts im Weg.

Da ist sie erleichtert die Ria, muss aber an ihre Freddy denken und ihre gute Laune ist dahin. Freddy auf dem Boden und das kleine Loch im Kopf und das „Patsch" ihrer Hand.

Da ist ein Beben, aber nur ein kleines. Zu viel Adrenalin schwimmt in ihrem Blut, kein Platz für Trauer. „Die Drachen haben meine beste Freundin getötet", spricht sie in gespieltem Moll. Irgendwem muss sie es ja erzählen und wer weiß, ob sie morgen noch am Leben ist und erzählen kann.

„Sie haben was?", fragen die beiden von links und rechts jetzt synchron und Ria nutzt die Gelegenheit und erzählt. Sie erzählt: Dieser Anruf, der Job etwas zu holen, der rote Rucksack, die Übergabe, die Waschküche, die tote Freddy. Fällt gar nicht leicht, denn die Tränen rinnen jetzt.

„Stimmt. Sie spricht die Wahrheit. Die Hölle ist los bei ihr", meldet der Fahrer und tippt auf sein Ohr. Offensichtlich ist er in Verbindung mit irgendeiner Zentrale.

Bruder links und Bruder rechts, beugen sich vor, schauen einander an an Ria vorbei. „Das geht nicht", spricht der eine und der andere nickt. „Das geht nicht", spricht der andere und der eine nickt und sie lehnen sich synchron zurück. „Das dürfen sie nicht. Nicht die Freundin der Schwester", sprechen sie, sind sich einig. „Nein, das dürfen sie nicht. Wir müssen etwas tun", spricht der andere und in seiner Ruhe liegt sehr viel Gewalt. Sie haben ihn wieder, ihren Modus und rücken an ihren Seidenjacketts.

„Wir müssen zurück", spricht der eine. „Wir müssen zurück", spricht der andere. „Nicht jetzt, später", spricht der Fahrer und Ria grinst.

Das kann sie sich leisten, denn der Fahrer schaut auf die Straße und ihre Brüder nach links und nach rechts aus dem Fenster. Da ist jetzt diese Frage, diese eine, diese wichtige, die die alle Türen öffnet. Ria schiebt ihre Tränen aus ihrem Gesicht mit ihrem Handgelenk, schnauft einmal.

„Also, ich weiß ja nicht, wie das läuft. Ich kenne mich nicht aus, aber ... kann ich das machen? Darf ich sie töten? Die Rache? Das will ich", fragt sie und drei Augenpaare schauen sie an.

„Ich habe schon einmal einen getötet, meine Ex. Nicht so richtig, aber es gilt, finde ich", spricht sie mit fester Stimme, denkt an Cedric, ihre Viertel-Schuld an seinem Tod und schaut stur geradeaus.

„Klar", spricht der Bruder von rechts und sie dreht den Kopf und schaut ihn an, mit dem vor Cedriks Grab gelernten Blick. Dieses Gesicht des Bruders, so hart und glatt und rund und ... für sie harmlos. Sie ist sicher. Geschwister. Der gleiche Stamm.

„Zeig mir wie und ich zerreiße ihre Därme", antwortet sie und Taubenblau hebt eine Augenbraue. „Ich will Rache, Rache für Freddy", antwortet sie und hat bereits die wichtigste Regel ihrer neuen Verwandtschaft verstanden.

Kapitel XXV

Ganz woanders als im Polizeipräsidium, aber in einem hellen großen Raum sehr geheim, hört sich das anders an. Die Stimmen sind dumpf, ein wenig verzerrt, aber verständlich.

„Bogota? Habe ich Bogota gehört?", fragt einer aus der Runde.

Der Techniker nickt. Ja, auch er hat es gehört. „Bogota" ist gefallen.

Alle lauschen und warten und die Verbindung ist unscharf und die Worte wabern. Der Techniker rückt an seinem Kopfhörer und hört sehr genau zu. Viel besser und genauer versteht er damit und auf jedes Wort kommt es an. Klar, es wird aufgenommen, aber ... sie wollen es wissen, jetzt!

Mit Kopfhörer hört er die feinsten Details, er nickt und schaut nach hinten zu seiner Crew. „Sie ist drin", meldet er und raunt ein „Hoaw, Hoaw, Hoaw", wie ein Indianer auf dem Kriegspfad, denn das ist er: Fährtenleser am Bildschirm, wie damals die Sioux in der Prärie.

Sein „Hoaw", kann er sich nicht verkneifen. Sie hören mit, ab jetzt jedes Wort, nicht nur hier und da, ab jetzt non-stop! Endlich! Seit drei verdammten Jahren ... und so viel Arbeit war es und es hat das Leben von zwei, nein, von drei Polizisten gefordert, sehr lieben Kollegen. Aber, sie ist drin. „Sie ist drin", wiederholt er und Bob in Hemd die Ärmel hochgekrempelt starrt ihn an. Der Leiter der Gruppe ist heute ohne Sakko und Krawatte, denn ihm ist heiß und die Luft knistert vor Spannung. Es ist nicht auszuhalten! Er glaubt es noch nicht. „Sie ist drin? Sie ist wirklich drin?", haucht er und der Techniker lächelt und nickt.

„Leute, sie ist drin, sie ist drin. Sie haben es gekauft", ruft er und reckt eine Faust zur Decke und alle johlen los, verhalten, aber sie johlen. Es ist noch nicht vorbei, noch lange nicht, aber ein Etappenziel, das haben sie. Ja, sie fallen einander nicht in die Arme, das nicht, aber erleichtert sind sie schon. Schultern werden geklopft. Es ist die Einstweilen-Erleichterung, denn es hätte schief gehen können. Sie haben auf Risiko gesetzt und ... gewonnen. Bis jetzt. Phase eins ist ein Sieg, Phase zwei beginnt.

„Bogota! Oh Gott Bogota! Oh Gott, ich werde sie so vermissen", weint Freddy und japst. Ja, sie freut sich, aber nun ist da neue Angst oder von der alten Angst noch viel mehr. Ja Freddy, genau die liebe Freddy ist es und natürlich jetzt abgeschminkt. Die Oberkommissarin lächelt und dann nehmen sie einander doch in den Arm, sie umklammern einander ganz fest. Das darf. So viele Opfer hat es gefordert, so viel Zeit, so viel Nerven, so viele Leben.

Alle sprechen durcheinander. Auch der Techniker wird noch einmal gefragt, trotz Kopfhörer auf dem Kopf, aber er nickt. Er bestätigt: Sie ist drin! Kein Zweifel! Sie hat es geschafft, das Etappenziel.

„Sekt, wir brauchen Sekt!", ruft Bob, dreht sich herum und schaut auf sein Team. Sie schauen ängstlich und glücklich zugleich. „Na los, kommt! Das wird!", ist er optimistisch und ja, sie nicken. Das darf man feiern.

„Sorry, wir mussten dich töten, es tut mir so leid, du konntest nicht mit", wimmert die Oberkommissarin Freddy entgegen und die weiß bescheid, hat es längst verstanden, hatte es sofort verstanden, als das Kommando in der Türe stand mit der Schminke und dem künstlichen Blut. Sie nickt, lacht, schnauft, zieht Rotz hoch und weint. So sehr wird sie ihre Partnerin vermissen, so nah so lieb war es mit Ria und sie aber ist raus, verbrannt, das ist klar. Sie ist tot, offiziell.

Aber egal. Ria ist drin! Drei Jahre Arbeit!

Bob nimmt die Oberkommissarin in den Arm und sie drücken sich. Kein Jubel, aber Erleichterung. Diese Spannung der letzten eineinhalb Jahre fällt ab, die neue Spannung setzt noch nicht ein. Bogota – Südamerika – Ria ist auf dem Weg hinein ins Herz, ganz allein mit ihren neuen Geschwistern.

„Oh Gott, oh Gott, oh Gott! Diese Anspannung! Diese ständig beobachtet sein! Dieses „kein falsches Wort" über Monate", seufzt die Oberkommissarin, denn die Belastung der letzten Monate war so groß. Ein riesiges Schauspiel, eine Szene, groß wie die Stadt und der Hauch eines Verdachtes, ein Patzer, eine falsch offenbarte Vertrautheit hätte tödlich sein können, hätte, ... aber dieser Teil ist vorbei. Die Oberkommissarin ist stehend geschafft und erschöpft und bereits neu besorgt.

„Aber sie schafft es. Sie wird es schaffen, Ria macht das!", tönt Aische überglücklich. Ja, sie hüpft vor Freude auf der Stelle wie ein Flummiball. Ohne ihren Krankenschwesterkittel ist die Agentin kaum zu erkennen, doch ihre roten Flecken im Gesicht sind sehr echt. Sie glaubt an Ria, sie ist ihr größter Fan.

„Auf Ria!", ruft Bob und hebt seinen Sektkelch in die Höhe. Viele tun es ihm gleich. „Nein, auf Cedrik", widerspricht Freddy und Tränen rinnen, denn sie gedenkt Cedrik in diesem Moment. Cedrik ist nicht mehr. Das war keine Schminke, das Pulver war echt, auch das Blut. Das waren sie, das war Südamerika. Da waren sie schneller. Gefallen im Krieg. Also auf die Toten, denn für sie tun sie es!

Alle fletschen die Zähne oder scharren mit den Füßen, zischen, schauen zur Seite oder pressen Lippen aufeinander, dann aber überwiegt ihr Erfolg. Sie ist drin! „Für Cedrik", ruft Bob der Boss und alle rufen mit im Chor und trinken. Blicke huschen hin und her.

Ja, Freddy strahlt jetzt doch, ist stolz auf ihre Ria! Die Oberkommissarin massiert ihren Nacken, hält die Augen geschlossen und sammelt neue Kraft. Da ist eine Ahnung, die Ruhe halte nicht lange vor.

Phase zwei beginnt. Gleich. Noch nicht. Zunächst ein wenig feiern, und der Techniker hält Wache am Kopfhörer.

„Das arme Kind, so etwas gerät so schnell außer Kontrolle!", haucht die Oberkommissarin aus Erfahrung, schützt ihren Mund mit ihrer Hand. Es ist so verzweifelt gefährlich alles, was sie da tun, so sehr ein Tanz auf dem Grad. Es könnte Ria wie Cedrik gehen, jeden Moment. Enttarnung wegen irgendwas, einer Kleinigkeit, einem Versehen. Ein falsches Wort gesprochen im Schlaf und dann Gnade ihr Gott.

„Unsinn, sie schafft das. Wer, wenn nicht sie?", widerspricht Aische und ist felsenfest überzeugt. Sie nickt sehr entschieden. Sie weiß, Ria gewinnt.

„Sie ist ganz alleine!", seufzt die Oberkommissarin, hat die Hand auf ihre Stirn gelegt.

„Sie ist nicht alleine und das weißt du", spricht Bob vieldeutig, hat sich neu Sekt eingeschenkt, zwinkert der Oberkommissarin zu und trinkt. „Trotzdem, es ist ... wie soll sie das schaffen? Sie darf keinen Fehler machen, nicht den kleinsten", ist die Oberkommissarin besorgt, ja in Ahnung verzweifelt.

„Sie macht keine Fehler, nicht möglich!", ruft Bob entschieden und strahlt, ja er gestikuliert vor ihr mit der Hand wie eine teutonische Ausgabe eines Neapolitaners. „Ria ist perfekt. Sie liebt ihre Rolle, sie lebt dafür! Sie – ist – diese Ria! Sie – ist – diese – Person! Sie träumt ihre Träume!", spricht er jede Silbe und tippt mit dem Finger vor ihre Brust. Jetzt lächelt die Oberkommissarin. Der Trost funktioniert, denn Bob hat recht. Ria träumt ihre Träume, das stimmt.

„Sie ist unsere Nikita, sie ist unsere Null-null-sieben vierundzwanzig sieben, sie ist mitten im Nest und sie ist tödlich und wir hören jedes Wort", strahlt er und zeigt Richtung Techniker.

„Sie ist Ria!", stimmt Aische zu, glüht vor Begeisterung und ballt ihre kleinen Fäustchen.

„Ich mache mir eher Sorgen um die Azteken. Ich sehe es vor meinen Augen: Sie wird sie mit ihrer Leichtigkeit bezaubern, ihr Röckchen heben und dann sind sie alle tot und wissen nicht warum", spricht Bob sehr optimistisch und strahlt.

Freddy wischt sich die Tränen aus dem Gesicht und muss grinsen. Ja, da ist etwas dran. Sie hat Ria erlebt, sie weiß, wovon Bob spricht.

„Ach was, solange sie ihr keine Waffe geben, bleiben sie alle am Leben", winkt Hamit ab nicht ohne Süffisanz und alle lachen, denn Hamit hat recht. Alle wissen, was Ria für eine Schützin ist, wie gut sie ist, wie schnell und wie … gemein. Legende!

Auch die Oberkommissarin lächelt jetzt. Vielleicht sind ihre Befürchtungen unbegründet, vielleicht ist die Gefahr nicht so groß, wie sie denkt, denkt sie, denkt falsch und Hamit gießt neuen Sekt in ihren Kelch.

Sie irrt. Die Oberkommissarin irrt gewaltig, denn … Phase zwei beginnt in diesem Moment, in dieser Sekunde im Van.

Kapitel XXVI

Im Van freundet sich Ria mit ihren neuen Familienmitgliedern an. Sie müssen einander ja kennenlernen. Die Situation ist ideal. Keine Menschenseele weit und breit, flaches Land, Ria nackt und mit drei sehr gestandenen Männern. Und Liegefläche gibt es auch. Die Sitze sind breit. Wer käme da nicht auf spannende Gedanken?

„Boah, wie groß, richtig schwer, damit kann ich nicht, dafür bin ich zu klein!", haucht Ria und staunt. Mit so einem Kaliber hat sie noch nie! Sie kann das dicke Ding kaum halten. Mit weiten Augen sitzt sie und schaut den Besitzer bewundernd an. Muss sie, denn die schiere Größe beeindruckt Laien wie sie.

„Und das ist das Magazin", erklärt Taubenblau der Laiin, lächelt und führt es in den Griff. Es klackt und rastet ein. Ria läd durch, wie gelernt. Jetzt hält sie die Waffe geladen und sie beißt auf ihre Unterlippe. Schön fühlt sich das an.

„Das ist toll", haucht sie und strahlt, als halte sie ein lang ersehntes Geschenk. „Bekomme ich auch eine? Eine kleinere? Die hier ist zu groß für mich, ich bin doch so zart", spricht sie sehr kokett und alle Brüder nicken. Wie kann man da widerstehen? Natürlich bekommt Ria eine, sie ist doch die Schwester.

„Und dann üben wir Rache ...", freut sie sich und ihre Augen funkeln vor Begeisterung. Sehr zufrieden nickt ihr Gegenüber, denn die neue Schwester macht sich gut.

„... und treffen die Verbrecher mitten ins Herz", haucht sie und der Azteke grinst und ahnt nichts.

Nachwort

Ja, ja, die Welt ist ein Irrenhaus. Niemand findet sich mehr zurecht, weder die Guten noch die Bösen.

Die Krankenschwestern sind Agenten, die Blondinen nicht dumm und trotzdem gefährlich, die Toten sind nur manchmal tot und Killer imitieren Killer aus Serien. Auf nichts ist Verlass.

Und so viele Fragen bleiben und die Zukunft ist so ungewiss. Wo zum Beispiel ist das Mikrofon? Sie ist ja nackt. Wo ist es an oder in Ria versteckt? Und nein, da ist es nicht!

Sie ist nicht allein, aber wer ist mit ihr? Wer ist an ihrer Seite und wo ist diese verdammte Brücke nach Südamerika?

Habt ihr es bemerkt? Ich hatte Euch im Vorwort gewarnt: Nichts ist, wie es scheint.

Der Plan war von Anfang an da: Der Patient von 504 war ganz bewusst dort einquartiert, das Streichholz von Aische fingiert. Und ja, die Polizisten mit ihren Krawatten und Sakkos haben ein Schauspiel aufgeführt, aber nicht alle, denn ja, verdammt, einer – mindestens einer - spielt falsch und ist die Spielfigur der Drachen.

Hamit das Backup im Kiosk immer in der Nähe, Freddy als Rias Support und die Oberkommissarin die Person, die emotionale Verbindung hält. Und Ria hatte recht: Sie wurde abgehört, doppelt und - ich spoilere jetzt – dreifach sogar. Ja, sogar das Kellerloch, das mit den Gespenstern ... ach lassen wir das.

Nur das mit Cedrik war ein Versehen. Tragisch. Er wurde wirklich gelöscht, so machen die Azteken das. Das war leider echt. Mal gewinnen die einen, mal die anderen. Mal sind die einen im Vorsprung, mal die anderen im Verzug.

Was bleibt, ist Spannung und pure Gefahr, die stahlharter Nerven bedarf. Dieser Krieg der Kartelle bedarf schlauer Köpfe, guter Tarnung und Schauspielkunst bei wippenden Locken.

Nichts ist, wie es scheint. Dieser Satz gilt und bleibt. Auch jetzt. Verschätze dich nicht, denn ... die Drachen hören mit. Und die Azteken sowieso.

Ich hoffe, das Lesen hat Spaß gemacht.

Wir sehen uns in Bogota.

P.S.: Dieses Buch widme ich dem chinesischen Restaurant in meiner Stadt, dessen Namen ich nicht nennen werde. Auf keinen Fall! Es gab mir die Inspiration. Ich musste da etwas abholen und ... ach, lassen wir die Drachen ruhen. Es gibt sie nämlich.

Empfehlungen aus Kap Kishon:

Hanna und die Räuber – Ein Roman mit schön viel Angst
Es ist kein Krimi, es ist kein BDSM, es ist ein Roman mit beidem davon. Aber Vorsicht: Was so leicht daherkommt, ist der härteste Roman aus Kap Kishon, denn Hanna macht sie alle verrückt. Entführung hin oder her, Hanna ist zu devot. **Taschenbuch & Kindle & KindleUnlimited**

Lucca und der Stier – Ein Roman über und für Männer.
Lucca Leggero hat ein Problem und weiß es nicht. Seine Frau ist abgehauen und er hat Glück und findet sie nicht. So muss er entdecken, was ihm fehlt: Kontakt zu seiner Männlichkeit
Sehr turbulent wird es und weit ab von sanft und Mainstream, denn, die Hilfe, die da naht, ist alles andere als zart.
Taschenbuch & Kindle & KindleUnlimited

Paul Kaufmann

Kommissar Waporetzki – zwei Fälle bisher
Der Kommissar aus Bandan. Wider Willen muss er ran. Er will nur seine Ruhe eigentlich, doch er bekommt sie nicht. Wie auch? Überall gefährlich schöne Frauen.
Taschenbuch und Kindle

Sehnsucht bei flacher Atmung – Mein Leben mit Depression. Komm mit. Ich zeige dir meine Depression. Ich zeige dir, wie sie ist, was sie angerichtet hat, wie ich sie verstehe. Keine Angst, sie steckt nicht an. Ich kenne mich aus, ich habe sie schon mein Leben lang.
Frei und geradeaus geschrieben, ja, sogar dann und wann heiter, denn nimmst du die Depression zu ernst, bist du erledigt.
Taschenbuch & E-Book

Und viel mehr auf: